ISBN: 978-65-00-05556-6

Terra prometida

Hendrik Wernick

Contos

ISBN: 978-65-00-05556-6

9 786500 055566

"Cada leitor se encontra a si mesmo."

(Marcel Proust)

Sumário

Prefácio...3

Entre Vista...4

Continuará...8

O círculo 12

Terra prometida 16

Ecos..22

A receita 27

Líquida vida..36

O filho 41

Aí não, bonitão! 47

O tarô 52

A sogra 57

Intimidades 63

A outra 69

Afinidades 74

Esclarecimentos..81

Sobre o autor e as obras..83

Centro Espírita Fraternidade da Luz..85

ISBN: 978-65-00-05556-6

Prefácio

Poderia ser essa uma obra sem apresentações, nem prefácio. Entretanto, julgo digno dar uma satisfação ao leitor amigo, que doará um pouco de seu tempo às coisas do mundo que passam despercebidas, como são os personagens, fatos e desfechos dos contos aqui guardados.

Alguma vez deixei bem claro que não era o autor das ideias (e sigo sem sê-lo), uma vez que estão soltas e flutuam um pouco mais acima do parco entendimento humano. Busco captá-las e gravá-las na mente, liberá-las em frases inteiras e no peso das palavras... em brancas folhas de papel

São estes os contos do mais além que sabia escondidos dentro de mim, não no corpo físico, que abandonei há tempo, mas no Espírito que atrai as ideias tal como uma antena.

Apesar da crescente popularidade da Apometria e do Espiritismo no Brasil, país com maior quantidade de adeptos e de obras espíritas do mundo, essas doutrinas pouco fazem parte do cotidiano sul-americano, apesar dos fenômenos estarem constantemente presentes nas rotinas de todos, tal como buscam descrever os contos que são precisamente um produto do enriquecedor intercâmbio entre encarnados e desencarnados.

Rogarei a Deus que as pessoas que venham a ler estes escritos entendam a humilde mensagem contido e que não somente os apreciem como obra, mas como uma base para fortalecer sua vontade de querer mudar, transformar algo que lhes parece impossível.

Pablo

São Paulo, 3/12/2019

Entre Vista

Apesar de que havia assentos livres, preferiu, como sempre, seguir de pé, com as costas levemente apoiadas à porta oposta da plataforma, a que permaneceria fechada até o final do trajeto. Tratava de sair de casa nos horários mais calmos, longe da turbulência dos milhares de passageiros, de seus bulícios. Apesar de ser um amante da paz e da boa música, o que naquele momento o fazia relaxar era o monótono, mas descompassado ruído do trem sobre os trilhos, os suaves golpes da inércia que provocavam os imprevisíveis meneios de sua cabeça, voltando ao prumo em cada nova parada, reorganizando os pensamentos perdidos entre as estações.

Buscava lembrar-se de alguns aspectos importantes para uma boa entrevista de trabalho, além de seu impecável terno, como sempre aprovado por Marisa, que hoje se havia levantado um tanto contrariada, porque Daniel, apesar de que ela tivesse o dia livre na enfermaria do Hospital Municipal, havia decidido ir sozinho ao Instituto de Literatura, que se interessou por seu currículo, uma nova esperança diante de seu negro horizonte. Ela o havia acompanhado até a escada rolante da estação do bairro, despediu-se com as típicas palavras de incentivo, com sua fé e principalmente com seu cálido timbre de voz, em cujas reflexões Daniel conseguia discernir quase que certeiramente todos os estados anímicos de Marisa, que capitulava com esse dom que seu marido havia desenvolvido há mais de duas décadas. O balanço do trem lhe trazia à memória a suavidade das últimas palavras, antes do abraço de despedida, na verdade não se lembrava dos termos utilizados, mas sim da doçura, da esperança e também do amor, resistente a tantas metamorfoses da vida, sem danos em sua essência e inteireza.

Tentava buscar principalmente os traços do semblante de Marisa, da alvorada de hoje na qual a viu (ou assim acreditou), dormindo ao seu ado, sem saber si era possível, se se tratava de uma lembrança, de um sonho ou se era seu verdadeiro rosto, eternamente imaginado, tão real como uma miragem. O alto-falante do vagão informava a seguinte estação na qual deveria descer, de lá teria que cruzar por toda o saguão, sair até a Rua Bolívia, seguir pela calçada da esquerda por três quarteirões, logo dobrar à esquerda na Rua Panamá que, uns duzentos metros para o sul desemboca na Rua Peru, onde se localizava o Instituto de Literatura, que em sua entrada conservava os paralelepípedos do mesmo século XIX de sua fundação.

Chegou quinze minutos antes do horário combinado, o justo para esquivar de possíveis imprevistos e também para acalmar-se, sentir o ambiente e discretamente pedir aos céus para que lhe abrissem as portas em outra tentativa de conseguir um emprego. Havia-se animado mais do que de costume, a voz da Diretora soava conciliadora ao telefone e o salário prometido era mais do que suficiente para tirá-los dos apertos financeiros, o dilema que, fora algumas tréguas, os acometia tenazmente. Enquanto evocava os anjos, sentiu a Marisa na mesma frequência, em frente à Madonna no canto da sala, pedindo pela mesma oportunidade, para recuperar a dignidade, essa que, apesar de moralmente nunca se ter ido, materialmente os fazia calar, muda resignação combatente.

Como de costume, Daniel havia causado impacto ao entrar na antessala, o sentia pelo breve silêncio da recepcionista, mas logo as vibrações de um feliz assombro e um sorriso comum os fizeram relaxar. Chamava-se Carla e se surpreendeu positivamente, não imaginava encontrar a uma jovem, mais bem a uma senhora madura, exemplo da tradição do Instituto. Pôs-se cômodo e passou a observar a sala de espera, era fria, o sofá de couro há tempos não sabia o que era um raio de luz, os diversos volumes de livros armazenavam pó, as flores ao seu lado eram artificiais, havia algo de decadente.

Em sua mente buscava o professor Gonzalez e a diretora Cristina Mendes e pedia a Deus para que abençoasse a entrevista, que lhe pudessem dar essa oportunidade. A proposta era dar aulas sobre um de seus temas favoritos, o realismo mágico, base de sua tese de pós-graduação. Isso o deixava mais confiante e com os seus movimentos mais seguros, sabia que os primeiros instantes seriam fundamentais, seu tempo seria muito curto. Sua ansiedade ia e vinha e o som do telefone acelerou seu coração, *"sim, senhora Cristina, o Sr. Daniel Fuentes já se encontra aqui"*, agora era a sua vez. Sentia que Carla se aproximava para conduzi-lo até o corredor, mas a tomou docilmente pelo cotovelo e lhe disse:

– Muito amável, Carla, mas a partir daqui sigo sozinho – sua voz era firme e suave.

– É a terceira porta à esquerda, boa sorte, Sr. Daniel – respondeu sem discutir, olhando-o imóvel enquanto ele caminhava pelo corredor.

Caminhou por uns quinze metros até se aproximar a uma porta entreaberta da qual saíam raios de luz natural, mornos e prazerosos.

– Entre, entre, Sr. Daniel, espere que lhe ajudo com suas coisas – foi a resposta do professor Gonzalez a suas batidas na porta, que soavam a permissão.

Cumprimentou-os atentamente e observou que as vozes de ambos correspondiam plenamente aos respectivos apertos de mão. O do professor era um gesto que tentava ainda passar certa virilidade, apesar da intensidade e a pele denunciarem sua idade avançada, a mesma que a gastada voz indicava, sem perder o tom grave. A mão da diretora Cristina era fria e ligeiramente suada, usava um anel com uma pedra quadrada, sua mão se perdia por inteira na de Daniel, que a sentiu como uma pomba assustada, incomodada no curto tempo em que se tocaram. Sua voz buscava transmitir naturalidade, mas não havia melodia em sua pronúncia e a entonação demonstrava que não tinha muito claro quais seriam as seguintes palavras.

Tomou assento e identificou as diferentes energias que eram irradiadas pelos entrevistadores, respirou com tranquilidade, escutando o barulho da caneta da diretora sobre o caderno de capa dura, sentada em silêncio numa poltrona em frente à de Daniel.

– Um segundinho, Sr. Daniel, vou pegar o seu currículo, o deixei sobre a mesa – desculpava-se o professor.

Além de estar acostumado a essas situações, Daniel decidiu não julgar as pessoas de antemão, em seu caso, não se podia basear numa primeira impressão. Enquanto ao fundo, o professor procurava algo nas gavetas, Daniel enviava pensamentos de harmonia, de paz e de fé para Cristina, tentava acalmá-la e relaxá-la. Notava como a insegurança da diretora se transformava pouco a pouco em tranquilidade e, depois de uns segundos, ela, por fim, repousava a caneta. Ao erguer o seu olhar, se impressionou com a calma no semblante de Daniel.

– A organização não é uma das minhas virtudes, Sr. Daniel. Tinha deixado num envelope ao lado desta pasta – tentava explicar o professor Gonzalez.

– Lamentavelmente, minha ajuda em procurar não será muito valiosa, professor – respondeu o marido de Marisa, compartilhando sorrisos, inclusive da diretora, que agora definitivamente o olhava nos olhos.

A entrevista transcorreu numa atmosfera muito agradável e depois do aromático cafezinho, servido por Carla, aprofundaram-se no terreno das interpretações literárias, distanciando-se definitivamente de carreiras profissionais, estudos, cursos e formação.

Era na imaginação, em que Daniel melhor se movia, esquecia-se de tudo ao seu redor e se concentrava na ideia central do assunto, de maneira solta, natural e repleta de possibilidades. Via diante de si os diferentes caminhos das frases, o fio que se formava, a ideia que se assomava, um cheiro, um detalhe, uma nova voz e a de sempre, palavras que eram alternativas. Falaram de fé, de costumes, de contos, de probabilidades e, por fim, de realidades.

– Como o senhor enxerga a realidade? – Perguntou inocentemente a diretora, calando-se repentinamente e Daniel notou que o súbito silêncio revelava certo constrangimento.

– Creio que a realidade está em minha mente. Seguramente tenho outras maneiras de ver as coisas, mas isso não quer dizer que sejam menos reais.

– O senhor poderia nos descrever a sua casa, por exemplo? – Interveio o professor.

Daniel lhes descreveu a entrada com flores, a horta de Marisa, a cozinha, o comedor, o cheiro de comida e, ao entrar na sala, disse:

– É simples, tem dois sofás, uma mesa centro, ao fundo uma televisão, mas o que mais chama a atenção é a estátua da Madonna no canto da sala, é de pedra sabão, um palmo e meio de altura.

De repente o coração de Daniel disparou. O que via lhe produzia um nó na garganta, não atinava a pronunciar uma só palavra.

– Algo lhe passa, Sr. Daniel? – Perguntou o professor ante o demorado silêncio.

– É que a mulher ajoelhada, diante da Madonna, a que se deu volta e me sorriu, é a minha mulher – disse Daniel, com ambas as mãos apoiadas sobre a sua bengala.

– É linda – via, quase em silêncio, a diretora Cristina, chefe de Daniel.

Continuará

"Coragem é a resistência ao medo, domínio do medo,
e não a ausência do medo".
(Mark Twain)

As coisas haviam mudado muito naqueles anos. Da euforia que lotava as ruas para ver a parada militar, fomos ao combate contra os inimigos que aparentemente estavam por todos os lados e em todas as ideias. Tinha dificuldades em entender tudo o que acontecia politicamente, sabia que o país passava por momentos difíceis que levaram ao golpe do general que, a princípio, apenas interveio para garantir os direitos básicos do povo e para estabelecer a ordem, optando pelo toque de recolher.

Estava consciente de que andávamos por anos que não seriam esquecidos pelas seguintes gerações e que ficariam registrados nos livros de história, mas acreditava que estava de mãos atadas. Os militares começaram com as primeiras perseguições, reestabeleceu-se a segurança nas ruas e, depois de duas ou três decisões populistas e muitos acordos ocultos, veio a notícia do referendo popular, afinal "todo poder emanava do povo".

As eleições, sob o controle e organização das tropas do general nos recintos de votação, legitimaram o comando militar, "viva a pátria!", aclamava o comandante em seu discurso de vitória, transmitido ao vivo por todas as rádios que ainda funcionavam no país.

Um especialista em política ou em história poderia afirmar que já se adivinhavam esses movimentos, mas eu não, minhas preocupações não haviam mudado, era preciso cuidar das crianças e apoiar o meu marido para que não lhe faltasse trabalho, algo por si só preocupante para um jornalista na atualidade. Antes da intervenção no jornal no qual Ariel trabalhava, a casa estava sempre cheia de amigos que discutiam os rumos do país e formas de mobilização para recuperar a liberdade de imprensa, outro termo com o qual passei a me familiarizar desde as cinzas mudanças. As crianças se animavam naquelas noites, já que Ricardo, o *professor* como era chamado, sempre trazia guloseimas, o anarquista Matias lhes ensinava novos acordes no violão, e o ponto alto para elas, antes de dormir, era participar do primeiro brinde, elas com limonada e os adultos com o álcool que havia naquela ocasião, copos erguidos em nome da ansiada liberdade.

Esses encontros escassearam desde que o novo redator do jornal, o comandante Ruiz, convidou Ariel para uma conversa privada, na qual o informava que, a partir daquele momento, já não escreveria sobre a situação econômica do país, *"está tudo calmo e estável, Ariel, não há sobre o que relatar"*, que passaria a escrever sobre os novos projetos urbanísticos da cidade e, quiçá, do país, tudo dependeria de Ariel. Em breve, inaugurariam uma nova praça no bairro norte, mudariam o nome das principais avenidas para homenagear os próceres do novo governo, ou seja, *"mãos à obra, Ariel"*.

Foi aí que notei que as coisas não andavam bem. Meu médico sempre me dizia que as doenças precisam ser diagnosticadas o quanto antes para melhor combatê-las. Agora penso que o mesmo se aplicava àquela situação, mas não houve nem tempo de brigar, em instantes, não havia mais opções que ser branco ou negro, viver ou sofrer.

Minha rotina, a bem da verdade, pouco se alterou, ia ao mercado de sempre, as crianças seguiam no mesmo colégio, as férias as passávamos no campo, onde meu tio Augusto tem um sítio, e nossa situação econômica permanecia estável. O que realmente mudou foi a atitude das pessoas e esta foi a minha verdadeira surpresa.

Uma nova ordem se havia estabelecido. Mais além de formas de governo, uma mudança brusca como um golpe precisa de certo tempo para acomodar a sua nova estrutura, em especial, a humana. É um momento em que as relações de poder podem mudar radicalmente, o comandado agora poderia reger os seus antigos superiores e essa tensão estabelecida, revelava as verdadeiras índoles. Tudo passou a ser dissimulado, nas conversas no quiosque, no açougue ou no correio do bairro, falava-se apenas o necessário, sem opiniões, nem polêmicas, não se sabia de qual lado estavam, se havia delatores, somente mostravam a sua cara àqueles que ostensivamente defendiam o governo, os que se uniram ao comando e que em diferentes níveis e círculos sociais desfrutavam do mesmo prazer: a ostentação do poder. Sabíamos dos desaparecidos, esse rumor já se havia disseminado no centro, nas fábricas e que se tornou realidade com a evaporação de Ernesto, filhos dos Pastore, detido de noite pelos militares, a duas quadras dali.

Ariel estava irreconhecível, desiludido. Fazia reportagens sobre a chegada da primavera e sobre as flores que desabrochavam no antigo Parque Esperança, este que agora leva o nome do general. Inclusive, no colégio das crianças, notavam-se diferenças, a presença do general estava em cada sala com seu quadro obrigatório nas paredes, em cada hino e canto. Já não era uma coisa sutil, estava sempre esse ambiente de vigilância, um jogo, em que jamais serás o caçador e no qual não sabes se por caso não és a caça. Professores, padres, metalúrgicos, estudantes, todos atuavam com cautela.

Discutia com Ariel sobre o que fazer, a tomada de consciência havia demorado um pouco e, quando tudo se clareou, notamos que, a essa altura, qualquer atitude oposta à do governo já não era uma questão de ponto de vista ou de filosofia, mas sim, de vida ou morte. Vimos diante dos nós a acomodação do sistema, o estabelecimento de seu domínio, esse que agora tratam de perpetuar. A mensagem era: não seja oposição, porque isso pode lhe matar, a sua família, a pessoas inocentes que gostam de você e que sofrerão de todas as maneiras.

Pensávamos também na possibilidade de sair do país, buscar um novo começo em outro lugar, distanciar-nos dos nossos e de qualquer atitude de mudança. Desiludidos, acreditávamos que aqui o silêncio era equivalente a um porfiado grito contrário, apesar de surdo. Emigrar era uma maneira de fazer oposição, mas talvez seria trocar uma tristeza por outra, mas já escutávamos os primeiros ecos das vozes dissidentes que vinham de fora, de outros países.

Não entendo muito de política, te confesso que verdadeiramente nunca me interessou uma filosofia partidária ou planos econômicos, são muito complicados para mim, mas tenho certeza de que, independentemente do modelo escolhido, devem existir pessoas inteligentes e capacitadas para construir hospitais, ter bons colégios para as crianças e maneiras honestas de trabalhar. Não entendo por que, para alcançar esses objetivos, havia que proibir que as pessoas se expressassem livremente e jamais imaginei que essa impossibilidade me perturbasse tanto.

A ideia veio em uma noite na qual tomava vinho com Ariel, o perigo de reunir-se com amigos fez com que prudentemente nos isolássemos, aumentávamos assim a nossa intimidade como casal, inclusive no aspecto intelectual. Tínhamos conversas nas quais pronunciávamos todas as ideias que se amontoavam ao longo do dia. Na solidão do toque de recolher, falávamos de amor, sorrisos plenos em nosso leito, onde descobri um mundo de sonhos, como se ainda estivéssemos nas nuvens, olhando nossas estrelas.

Nessas noites nasceu a personagem e mandávamos os relatos de uma dona de casa, mãe de duas filhas, casada e sua visão interna a respeito da ditadura. Terminei o sétimo capítulo com a informação *"Continuará"* e Ariel entregou as crônicas a uma pessoa que conhece caminhos até o estrangeiro. Passado um par de meses foram publicadas de lá e circulam clandestinamente por aqui.

O que realmente surpreendeu foi a acolhida dos relatos, em especial, do universo feminino. De alguma maneira identificavam-se com a protagonista, que vivia a atualidade do país de um ponto de vista próximo e agora aguardavam por uma continuação. Há um potencial para mobilizá-las, deixá-las atentas a suas próprias ideias.

Quero que saibas que estou assustada. Cada vez que vejo uma bota na calçada começo a tremer por dentro. Não tenho paz até que Ariel chegue do trabalho, muito menos quando vamos dormir em nosso quarto ao lado do das crianças. Tememos que, devido às características da personagem dos relatos ou por algum dedo duro infiltrado, possam descobrir que sou a autora. Partiremos dentro de uma hora, meu marido e meus filhos estão esperando-me no porto, cruzaremos a fronteira, não temos opção e você também não a terá, acredite.

Apenas encontrei essa maneira de deixar a personagem viva. Há que transformá-la sempre, como um camaleão. Cada dona de casa, cada mãe, cada filha tem uma opinião própria, minha versão foi apenas meu sonho, há de se buscar novas visões e autores. Serão sempre sete relatos, terás noventa dias para escrevê-los e deixá-los num local que está assinalado no envelope que abrirás depois que meu barco já tenha deixado o porto.

Ninguém sabe quem herdou o personagem e jamais o contarei. Faça o mesmo quando for a sua vez de escolher alguém. A continuidade depende de você, mas não quero exercer nenhum tipo de pressão, simplesmente você foi a ideia mais segura e menos suspeita que me ocorreu, Fernando. Desculpe-me se lhe passo uma responsabilidade que você jamais pediu. Saberei de tua decisão.

O círculo

Estavam todos reunidos, a começar pelo menino que corria com o cachorro pelo jardim enquanto o avô abria uma cerveja gelada, averiguando o que havia para petiscar. Não sabia se era o cheiro de comida gostosa, a que Carmen sempre preparava com sentimento, ou essa mistura de simplicidade e lar que lhe abria seu apetite. Para alguns a felicidade estava de fato nisso: salaminho com limão, cervejinha gelada e jornalzinho, enquanto algo era preparado na cozinha. Não era um sujeito falador, também não gostava de ser protagonista, pare ele, a felicidade, as boas conversas, os pensamentos legítimos nascem dos lugares comuns, da autenticidade dos ambientes, somos tal como somos. Nisso, dizia, residia o luxo! Gostava de sentar-se no canto, quase sem ser notado, saboreava da paz, consciente de que todos estavam por aí, em harmonia, enquanto o aroma da comida lhe aumentava a prazerosa sensação de curtir a família. Repetidas vezes via o menino passar pela janela da cozinha, observava como se desenvolvia: "as crianças crescem a saltos, é incrível como sele se parece aos pais".

A cozinha era o eixo central da casa, um lugar informal onde se permitiam todos os tipos de conversas, como se a ausência de uma poltrona ou de uma mesa centro desse mais fluidez às palavras, liberdades confidenciais, como se a vigilância se distraísse um pouco com as mãos e os olhos que se ocupavam em cortar verduras, provar a comida, limpar os pratos ou abrir outra cerveja. Era também uma zona de encontros casuais, de conversas interrompidas por Andrés, que chegava de surpresa para buscar alguma coisa, com um olho fixo no cachorro sem-vergonha, que tentava infiltrar-se despercebidamente, velha tática manjada de ambos.

Ao mesmo tempo, perguntava ao avô se precisava de algo, mas deu-se conta que, uma vez mais, Carmen já havia arrumado tudo, o delicado e discreto carinho de se preocupar com todos, de poder proporcionar momentos agradáveis. A casa lentamente absorvia os desejos e pensamentos de ambos. Energias acumuladas durante a vida, felicidades, planos, acumuladas nas paredes de histórias, dúvidas e esperanças.

Outra vez soava a campainha, "com certeza, são Miguel e Fernanda", diziam, o cachorro adiantava-se em seu papel de anfitrião, agora tudo eram abraços, beijinhos, carrinho de bebê e risadas e ironias, sempre atentos a Miguel, afiado nos comentários jocosos. Pouco a pouco, os territórios parciais iam se estabelecendo, as mulheres, à vontade, na cozinha, onde trocavam suas primeiras impressões, suficientes para sentir o respectivo ânimo e novidade, enquanto os homens procuravam dominar a churrasqueira, "afinal, *che*, preparar um churrasco não é tão simples como elas pensam". Indecisos, o menino e o cachorro não sabiam onde acudir, havia o carinho da mãe e as tarefas de homens, ao fim, se decidiram acompanhar os homens perto da grelha, motivados principalmente pela preocupação do cachorro em assegurar-se um lugar perto das costelinhas de porco.

Depois de uma rápida olhada nas carnes que preparava, Andrés, Miguel, cervejinha em mão, se esticava na rede na qual ninguém se atrevia a deitar, era o lugar dele por direito e por tempo de uso, onde às vezes se juntavam outras crianças, a espontaneidade das amizades de longa data. De lá, olhava brevemente o céu, o suficiente para profetizar:

– Com certeza, hoje não chove, melhor assim, nosso time é mais técnico. Hoje acordei com um bom pressentimento, o jogo é as quatro – avisou, confiante, reparando como a camisa do time de coração ficou bom no menino e como era incrível a semelhança dele com os pais.

Quique brincava de bolinha com o cachorro, inventava brincadeiras para queimar energias, como todas as crianças, fazia novas descobertas e, orgulhoso, comentava, ria para se afirmar perante os pais, situação que rapidamente sucedeu entre o menino e Andrés. Havia neles algo que os unia (além do olhar doce de Carmen), uma confiança, pele e, principalmente, a certeza intangível de que estarão sempre juntos na vida, apoiando-se, companheiros de um mesmo caminho, enquanto lentamente aparecia o avô, que se aproximava com a caipirinha que havia preparado, sempre tranquilo, juntando-se à conversa, que ganharia em irreverentes comentários, inofensivos. Seria a próxima vítima do menino que lhe relataria suas novas façanhas e que não se imaginava um lugar melhor para contá-las que no colo de seu avô, círculos de gerações dando-se as mãos.

Ao fundo, escutava-se a voz de Lucas, que acabava de chegar e perguntava se precisava trazer alguma coisa da cozinha, carvão, uma cadeira, uma gelada.

– Assim são as coisas, *che* – comentava Andrés – você entrega as chaves de casa em caso de emergência e tempos depois o sujeito já chega abrindo a geladeira...

Desta vez, o menino ganhou a corrida com o cachorro e foi o primeiro a beijar o Lucas, seu meio-irmão, outra peça chave a formar esse inusitado quebra-cabeça. Gostava muito do menino, desde o começo se entenderam, reconheceram entre si o mesmo amor. De relance, constatou com curiosidade que, de certo modo, o menino adquiria um jeito parecido ao de Andrés, a mesma maneira de sorrir, talvez. Cumprimentou a todos com a plena satisfação de saber de que a única coisa que poderia afastá-lo de disfrutar de uma bela tarde seriam os (im)previsíveis pedidos de Carmen para comprar alguma coisa de última hora no mercadinho do bairro, normalmente no momento exato em que resolve abrir uma cervejinha gelada, parece que sua mãe possui um preciso sexto sentido para tal.

Andrés caminhava pelo corredor e os murmúrios vindos da cozinha o faziam esboçar um sorriso. Jamais tentava escutar as conversas alheias, entendia que era fundamental respeitar o espaço de todos, especialmente o das mulheres que pensam que estão conversando a sós. O que verdadeiramente lhe importava era notar a alegria que também vinha da cozinha, a simplicidade e a espontaneidade tão fundamentais para a harmonia. Essa era uma das características de Carmen, cativava pela sinceridade, pelo interesse verdadeiro na felicidade de todos, pelos conselhos sem sabor a julgamento, por saber ouvir, tinha em seu ser a certeza de que a vida sempre guarda algo potencialmente belo, algo que tinha Deus em seu centro e as ganas de dividir uma fé ao alcance de todos.

Entrou na cozinha para avisar que em alguns minutos a carne estaria no ponto de ser servida, quando foram interrompidos pelo barulho do portão que se abria para dar passagem ao velho carro popular, castigado por anos pelas diversas desatenções de todos da família, que desta vez, trazia a Lila e a Maíra tentando subir a inclinada rampa com o volume ao máximo, selo da juventude.

– Não lhes parece mais seguro se eu manobro o carro? – Ironizava Andrés enquanto o cachorro se colocava a uma distância segura, decidido a não arriscar sua habitual fugida pela rua para checar se seu território seguia sob controle.

– Papai não muda nunca seus comentários – murmurava Maíra, que dissimulava seu sorriso enquanto Lila estacionava o carro.

A chegada das meninas mudou o ambiente, despertavam uma emoção diferente, especial. Enquanto contavam sobre a feira de antiguidades, na qual garimpavam revistas em quadrinhos raras, Lila conferia os complementos do churrasco feitos por sua mãe e abriu um sorriso ao ver que Carmen lhe havia preparado sua sobremesa predileta, mimos que não passavam com os anos.

– Cadê o menino? – Perguntavam ambas, quase ao mesmo tempo, destacando um presentinho da feira. Não demorou muito em aparecer correndo: para ele, esses domingos eram divinos e cumprimentar as suas mais-irmãs era uma garantia de beijinhos, cócegas, contos e brincadeiras.

Carmen coordenou com os que permaneciam na cozinha a força tarefa para levar as saladas, as empanadas e os talheres para a churrasqueira, o menino, com suas irmãs, era responsável pelos guardanapos, "havia que ajudar desde pequenininho", gostava de repetir, e Lila percebia que o menino falava com o mesmo gestual que sua mãe.

Antes de se juntar aos demais, Carmen repassou com seu olhar a cozinha e se deu conta de que estava sozinha. Respirou fundo, sentiu a paz do ambiente, em seu coração, e decidiu permanecer um instante a mais. Não sabia o que pensar, o silêncio era agradecimento, sentiu que seus olhos marejavam de emoção, sua certeza de que algo iluminado acompanhava a todos, a fortaleza da imortalidade, da justiça perfeita do Criador, que possibilitava que almas afins e tão diversas se juntassem sob o manto da mesma força, do mesmo amor, a chave de tudo.

Ao chegar à churrasqueira viu todos sentados num círculo sem princípio nem fim. Estavam o vô, todos os filhos, os amigos. E estava Andrés, para sempre seu Andrés. Terminou sua oração improvisada, coração comovido e que não precisava de mais nada. Viu o menino, cada vez mais parecido ao seu pai e sentado no colo do avô, olhando atentamente para Lucas, que tratava de contar aos demais o seu sonho da noite anterior:

– *Che*, Andrés, sonhei que você e a mamãe adotavam outro filho!

Terra prometida

Tínhamos registros de desastres naturais, cataclismos que pareciam reestabelecer o equilíbrio, respostas da natureza. Mas, o de agora era muito duro e largo, já vínhamos sentindo as mudanças, evidências vivas de causas e efeitos que nos aproximavam do ponto culminante de sobrevivência.

Pelo quinto ano seguido a seca castigava implacavelmente a terra sedenta, as poucas chuvas agora se concentravam em menos dias, em forma de furiosas tormentas. Nossas plantas não resistiram a essas variações e as colheitas eram de pó e de esterilidade, seus frutos originais desapareceram por completo.

Falei com o compadre que por seu lado já havia comentado o assunto com sua família e assim a discussão foi ganhando intensidade até que, todos nós, os do pequeno povoado, decidimos que começaríamos a andar. Levaríamos apenas o necessário; de toda forma, coisas de valor material nunca existiram por ali. O sogro do compadre levava em seu carrinho o seu televisor, esse que sempre deixava na praça do povoado, sob a enorme árvore, cujo esqueleto seco agora se assemelhava ao cansado cavalo.

Fizemos uma lista com o nome de todos do povoado, adicionando algumas peculiaridades que talvez nos parecessem importantes, tais como estado de saúde, aptidão para caminhar ou decorrente necessidade de um meio de locomoção especial, idade, animais, quantidade de comida e de água. Essa função era de minha responsabilidade, já que era um dos poucos alfabetizados. A princípio, éramos quatrocentos e trinta e seis pessoas, dentro das quais se destacava a quantidade de crianças que representava mais de cinquenta por cento. Por outro lado, contávamos poucos idosos, uma vez que a expectativa de vida aqui é bastante baixa. Dos quatorze registrados, quase todos precisavam ser transportados com prioridade nos carros de boi que preparávamos.

O que se escutava era que os refugiados ambientais começavam a se reunir ao redor da principal cidade do estado, próximo da fronteira, a uns duzentos quilômetros de onde nos encontrávamos. Se caminhássemos cruzando o altiplano, a distância era menor, mas decidimos ir pela estrada principal, margeando o ressecado leito do rio. Com sorte, passaria um caminhão que se compadecesse especialmente dos idosos e os levasse com o compadre, que se responsabilizaria por acomodá-los e de preparar a nossa chegada.

Partimos ao amanhecer sem pranto nem lamentações, fora o abafado choro de alguns bebês. Há remotas gerações estávamos acostumados a cultivar a terra, subsistíamos de seus frutos e dos ciclos de chuva, há muito eternizados nos calendários lunares dos extintos nativos. À frente, na cabeça, iam o compadre e o sogro indicando o caminho e ditando o ritmo enquanto eu era cerra-fila, o último elo dessa cadeia. Diante de nós ia o vizinho com sua família, que já se punha em movimento e ficamos, apenas nós, a sair dessa árida inércia. Não tive vontade de olhar para trás, observava essa serpente humana avançando lentamente, cobra agonizante de olhar baldio, buscando alimento e água.

Rapidamente, a poeira grudava ao suor da testa, únicas gotas possíveis. De barriga vazia, respirava calor seco e caminhava com a mente posta em oração, quando a lucidez assim o permitia. Dependíamos da fé. Na verdade, não sabíamos o que buscávamos ou o quê nos esperava na cidade, a única certeza de que tínhamos era de que permanecer no povoado significaria morte segura e que qualquer alternativa diferente desta seria melhor, instinto que teima sempre em viver. Não acreditávamos em falsas ilusões, como encontrar terra fértil na qual pudéssemos novamente plantar, encontrar algum emprego para obter comida e remédios, saímos necessitados de Deus e da caridade alheia para resistir a cada sol, a cada noite, a cada hora e a cada fatigado pensamento.

O objetivo dos primeiros seis dias era chegarmos sãos à estrada principal antes do anoitecer, mas tudo dependeria da saúde e do ritmo de todos. Era difícil reagir quando as correntes físicas desencadeadas pela fome, pelo estômago diminuído, se apoderavam dos pensamentos e dos sentimentos e ocupavam o cérebro com constantes preocupações e pânicos diante da iminente debilidade, desalento ou possível morte de crianças e idosos. Empurrava o carrinho no qual estavam minha sogra e meus filhos, avançava com a cabeça baixa, observando as pegadas dos demais pelo caminho, meus pés, as passadas, direita, esquerda, o movimento repetitivo que, por primeira vez, relaxava a minha mente, apagava por um instante as sensações de miséria e suas angústias.

Tudo se dilatava, a começar pela noção de espaço. Já não me restava referência, uma vez que o povoado se perdeu de vista há poucos metros da caminhada, na primeira curva do leito do rio. O sinuoso vale, por vezes, impossibilitava avistar a figura do sogro, que formava a cabeça da serpente e muito menos era possível adivinhar indícios da estrada. Os picos das montanhas, antes nevados e formadores de rios, agora pareciam mais distantes e opacos, mudas e indiferentes testemunhas dessa desilusão ambulante.

O tempo também era uma dimensão indefinida. Lembrava-me de meu último relógio, parado em algum tempo remoto, o ponteiro implacável que dividia o dia em cadências, cada uma com a mesma incerteza, partia minutos, horas, dias. Essa percepção deixou de existir, não tinha importância, aqui se tratava apenas de dia e de noite, de luz e de escuridão, da consciência crua ao alívio do sono. Não sabia precisar quantos minutos ou horas caminhávamos, somente registrava que minha sombra perdia em superfície, condensando-se lentamente num ponto só.

Apesar de que todos tivessem abandonado os seus lares, o fato de que voltávamos a ter um objetivo e que estávamos novamente em movimento, adicionava algo de inexplicável esperança e solidariedade aos olhares. Quase não falávamos enquanto marchávamos, éramos um destino comum formado de silêncio, mas nas paradas nos recordávamos da fome e os olhares, inexpressivos e esgotados, voltavam a ter a opacidade e o vazio da misericórdia. No inconsciente buscávamos por clemência, alma que abandona o corpo para não desgastá-lo, como beija-flores em suas noites de letargia.

Havia que encontrar as respostas na fé que, da mesma maneira que o tempo e as distâncias, precisava ser expandida. Não encontrava uma resposta coerente sobre nosso implacável destino, baseando-me na vida de cada um dos que caminhavam. Não havia registros em nosso povoado de roubos, de atos violentos, todos sempre compartilharam aquilo que havia, desde a única televisão do sogro até os grãos de milho. Tínhamos poucas coisas materiais, mas uma das consequências indiretas era que vivíamos muito próximos das primeiras leis, dos dez mandamentos, não roubávamos, não desejávamos aquilo que não nos pertencia, não matávamos e acreditávamos em Deus. Como explicar a miséria?

Pelas noites, depois de nos reunir inicialmente para discutir os procedimentos do dia seguinte, nos congregávamos ao redor do padre que sempre nos incentivava e buscava atar os soltos fios de esperança.

– "Meu reino não é deste mundo", disse o mestre Jesus. Há esperança para todos nós – finalizou o pároco em seu sermão de dez minutos, tempo máximo de concentração dos extenuados caminhantes.

Nossa realidade era tão crua que a existência de outros orbes e reinos era quase um alívio para mim, representava uma nova forma de esperança. Pareceu-me intrigante o fato de que Jesus nos falasse de outros mundos, aos quais podemos ascender e me perguntava como seria possível chegar com os meus companheiros a esse reino, sair o quanto antes deste pesadelo de sofrimentos e angústias no qual nos encontrávamos.

Ao anoitecer, após tomar um copo de água e um pedaço de pão, nos deitamos ao ar livre sob um céu sem nuvens. Tive um sonho estranho, chegava a um lugar fresco, rodeado de pessoas que me sorriam e que calmamente me cortavam alguns tênues fios que saíam de meu corpo, enquanto que alguém parecido a um médico repousava sua mão em minha testa, transmitindo uma sensação extrema de relaxamento. Era uma percepção rara, sentia que, por um lado, meu corpo se debilitava e que me pesava mais, mas, por outro, que a minha alma estava mais leve.

Preocupado, despertava com frequência, temia o pior porque minha filha estava muito fraca e desnutrida. Sem vacilar, dei-lhe grande parte de minha ração de água e de pão e com isso se acalmava.

No dia seguinte me senti um pouco mais disposto pela manhã, tentava motivar meus companheiros para seguir adiante, rumo à cidade da salvação. Uma vez que nos encontrávamos à cadência da marcha, meus olhos se fechavam, como se tivesse um piloto automático em algum lugar de meu cérebro que se responsabilizasse por manter-me caminhando no sentido correto. Enquanto isso, me concentrava em meu corpo. Comecei a escutar minha respiração, o fluxo de ar quente enchendo meus pulmões, a mente buscando movimentar as pernas e, ao fundo, um pouco descompassado, o coração. Percebia meu sangue espesso e minha garganta totalmente ressecada. Depois de um tempo longo, como por inércia, olhei ao meu lado e me surpreendi um pouco ao ver o médico por aqui, tinha certeza de que ele habitava em meu mundo de sonhos, pela noite falaria com o sogro para que se certificasse se o médico fazia parte da lista de caminhantes. Seria ótimo ter um doutor entre nós e, apesar de me ser familiar, não me lembrava dele em nosso povoado. Havia algo em seu rosto que me intrigava, algo irreal, mas não chegava a nenhuma conclusão, porque meus pensamentos eram demasiados soltos e logo se consumiam.

Armamos as barracas para o almoço e outra vez me apiedei de minha filha e voltei a compartilhar minha parte de água com a pobre. Ao deitar-me sob o carro de boi, tive novamente a companhia do doutor, pude vê-lo realmente de perto, senti sua mão em minha testa e meu último pensamento antes de desfalecer foi como conseguia manter a sua roupa tão limpa, tão branca em meio à poeirenta seca.

Agora os sonhos se repetiam, cortavam mais fios, não sabia muito bem o que isso significava, seguia caminhando posteriormente em companhia do doutor, que curiosamente tinha o mesmo ritmo que eu, apesar de estar muito mais inteiro.

– Em algum lugar da estrada, doutor, em alguma curva, a ajuda; em alguma planície, a cidade, talvez a salvação de minha filha e de tantos outros. Agora que já vamos caminhando lado a lado por um bom tempo, confesso que não me lembro de há quantos dias estávamos percorrendo essa tangente. Ao senhor também lhe tremem as pernas? Pergunto por que notei que, tal como eu, o senhor também reduziu o ritmo das passadas. É melhor assim, hoje meu corpo me pesa uma tonelada e estou muito cansado por ter velado a minha filha por toda a noite. Por Deus, a porção extra de alimento a está fazendo ressurgir aos poucos, não lhe parece doutor?

– Perdoe-me se não lhe escuto bem, doutor, é que hoje me custa muito raciocinar, às vezes, minha mente se apaga por um momento e demoro em me localizar. Agora mesmo não vejo mais nada diante de mim que os teus pés, tuas sandálias e o final de tua túnica, preciso chegar até a seguinte parada, creio que em algum momento me haviam dito que já estávamos na estrada principal há alguns dias, em algum momento chegaremos ao acampamento, à nossa terra prometida. Por agora, rezo por descanso, posso me apoiar um pouco no senhor?

No instante em que pensava como seria possível que, apesar da fome e da miséria, o doutor não tivesse o corpo esquálido como o nosso, a serpente humana parou para o almoço do sexto dia e meus olhos se fecharam como uma cortina de teatro. Foi um sono muito pesado do qual não guardei uma lembrança sequer. Quando recuperei os sentidos estava novamente ao lado do doutor, que nunca se descuidava de mim.

– Na verdade, estou um pouco confuso, doutor, mas desde a sesta me sinto muito melhor, os passos quase não me cansam, inclusive a sensação de sede e de fome diminuíram bastante.

Estava tão disposto que decidi, com o médico, subir ao mirante ao lado da parada onde, segundo as placas, era possível avistar a cidade. Chegamos rapidamente, estava feliz e ansioso por estar perto do destino que, no cume, se desenhou na forma de um mar de barracas da Cruz Vermelha a um par de quilômetros dali.

Eufórico, desci correndo, queria avisar a todos que estávamos próximos, que a caminhada havia valido a pena, que nossos esforços seriam recompensados, transmitir-lhes a esperança que, agora, mais do que nunca, sentia em meu coração. Diante da total falta de repercussão, olhei cada um nos olhos, falando-lhes que havia esperança após a seguinte curva, de que eu tinha certeza de que em algum lugar estaria o reino de Jesus, é preciso seguir caminhando, sempre. Abracei a minha filha, que se restabelecia pouco a pouco, mas não pareceu notar a minha presença.

Como costumava acontecer nos últimos momentos, além do doutor, ninguém me olhava ou escutava. Ao comando do sogro, a serpente se movia para seu tramo final. No último carro, agora comandado pelo vizinho, vi meu corpo envolto em um branco lençol.

Ecos

*"No mundo há muitas palavras,
mas poucos ecos".*
(Goethe)

Algumas sensações emergem cada vez que Mercedes se senta ao piano e toca suas melodias, suas vibrações recônditas, expressando rasgos do inconsciente, notas que quase sempre contêm mais sentimentos e emoções das que eu posso compreender. Há uma diferença clara entre Mercedes-palavra, Mercedes-mulher e Mercedes-piano, uma Mercedes-melancolia cujas notas são consequência de seu olhar, de sua introspecção. De todas, a Mercedes-piano é a mais completa, sempre inteira, sempre verdadeira pelas diferentes interpretações que a música permite, de todos os modos, nua, mas, desde minha perspectiva, preservando sua intimidade, inacessível, inviolável.

Sempre a observava da minha poltrona, um pouco incomodado por esse mundo de Mercedes-piano, onde nada me era revelado claramente, atento aos mínimos detalhes, efeito de meu indelicado costume de atentar-me aos gestos mais discretos das pessoas, como se a mensagem dos pormenores mais simples revelasse o mesmo conteúdo secreto que palavras não pronunciadas.

"O problema é que você não se deixa levar pela música", me explicava desde o princípio, falava de entrega, de corredores, de liberdades desatadas, de verdades intrusas, de existências dissimuladas, na verdade em algum momento já me tinha dado conta. "Ao instante em que a música trata de te revelar algo, você tenta apanhá-la, você aspira em me deter, é o teu egoísmo. A chave está justamente no oposto, compreenderias se você se permitisse". Como me encantaria dizer a ela que não, que já o silêncio que antecede à primeira nota me acelerava o coração, que seus ecos eram verticais, saltavam sobre profundas gretas, que seus acordes projetavam palavras-malabares para que, então, em algum inequívoco momento, seu olhar profano, sua primeira desnudez, sua súplica me devolviam minhas possíveis frases caídas pelo chão diante de minha incontrolável ansiedade.

Havia me acostumado a aproveitar suas excursões pelo piano para afinar minha percepção e adentrar em uma espécie de ambiente interior propício para escrever. Apesar de necessitar de total silêncio para fazê-lo, gosto de ativar a minha mente com recursos externos, o vinho, os cigarros, as fumarolas, o piano e a figura de Mercedes, argumentos combinados que formam uma nuvem de ideias, às quais trataria de ascender posteriormente, quando o silêncio interpreta descobertas inconscientes.

Tenho certa metodologia ao escrever, meus esboços de contos têm uma estrutura e tento limitar as opções de desfechos para não me perder por caminhos condenados ao nada. Mas existem exceções. Lembro que, há um par de meses, Mercedes interpretou uma composição de cunho dramático que transportei até a folha branca, sobre a qual tentei desenvolver o rascunho. A ideia inspirada por suas notas era pura intuição, não contemplava estruturas, formas nem esquemas literários, simplesmente era um sentimento em formação, ilimitado, que nasce da íntima força de existir, de sua natureza de expressar-se, de tornar-se realidade. Então, escrevia ignorando a próxima palavra, como se cada novo vocábulo revelasse o segredo de um instante, incógnitas abertas pelas frases. Em meio dessa atividade quase febril, disfarçadamente me dava conta de que escrevia sobre ela, sem intuir o final, retratando uma personagem viva que não sabia onde existia.

A partir daquele dia tive a asfixiante convicção de que Mercedes tocava para mim, que suas notas e interpretações eram cúmplices mudas que comandavam o conto e dessa maneira conheci a outra mulher, que se fundia com a atual, um suor frio, separadas pela tênue franja de minha torpe tentativa de controlar a sua metamorfose (não sei por que pensei que poderia controlar as mudanças). A personagem (coloquei-lhe o nome de Beatriz, mais por medo que por convicção, lutando com meus dedos que, sobre o teclado, me queriam dizer outra verdade...), estava angustiada, talvez devido à milonga que a havia criado e vivia em uma época remota, usava vestidos simples cobertos de poeira, o cabelo preso, um pouco diferente da Mercedes atual, mas feita da mesma cepa encantadora, tentadora, manejava com graça as suas ferramentas, que moldavam as pedras que seu trabalho transformava em esculturas que seduziam, corpos de pedra viris por um lado, suaves e femininas por outro.

No conto que desenvolvia em paralelo, outros elementos se juntavam, dentro dos quais, seu marido, bastante mais velho que ela, de articulações tesas pela artrite e de pulmões cheios de pó, que faziam de cada respiração uma breve e queixosa salvação. Proporcionalmente à sua senilidade, crescia sua desconfiança com relação à sua mulher, principalmente por conhecer os caminhos cruzados entre a arte e a luxúria, adornada pela riqueza de metáforas e de mensagens codificadas, que costumava existir entre os artistas (não havia sido assim que me aproximei de Mercedes?), em especial, entre aqueles que frequentavam o seu ateliê ou em ambientes vanguardistas, onde os poemas, os olhares, as risadas, as pinturas, o vinho, o ópio, as insinuações, as escadas, os gemidos...

– Às vezes, sinto que não devo assinar meus poemas – lhe dizia um atraente jovem durante um sarau daquela época. – Sinto-me como um usurpador de obras alheias, de um mundo de inspiração.

– Talvez nem esta frase é tua – respondeu Beatriz com certa picardia –. De minhas esculturas, afirmo que sou dona, são combinações de minhas dualidades, o suave com o duro, o forte com o delicado, a pedra com o sentimento, o pensamento com a forma. Constituem partes de minha realidade, mas a inspiração vem do todo, de algo ainda desconhecido, inteiro, quem sabe alheio. Os equilíbrios, o senhor entende...

– Entendo como equilíbrio uma alma imortal, menos materialista, mais urgente, essencialmente inteira – devolvia o poeta olhando-a profundamente nos olhos cor de mel, antes que o marido voltasse com as bebidas e seus evidentes ciúmes.

Ao fundo, as brancas mãos de Mercedes tocavam saudades, enquanto jogado em minha poltrona eu seguia fumando, minhas fumarolas e seus diferentes desenhos, tal como nossas mentes, construíam, intuíam, desfaziam, formavam suspeitas, impressões rápidas que não conseguíamos registrar, vozes ao ouvido que não chegávamos a escutar, aromas fortuitos que não reconhecíamos, nossos nomes esquecidos.

O conto se desenvolvia de duas formas. Uma se abria com Mercedes-piano, suas notas rompendo a caixa preta de pensamentos, onde os flashes e as sensações provocavam aquele ímpeto quase incontrolável de traduzi-las em palavras. A outra se infiltrava paralelamente em meu dia a dia, onde imaginava possíveis pontes erguidas entre Mercedes e Beatriz, olhares perdidos, gestos ausentes, timbres de voz que inconscientemente me remetiam às semelhanças do mundo de Beatriz com seus flertes e seu universo de fantasias no qual não me sentia partícipe.

– Você nunca pensou em compor? – Perguntei.

– Não, já me satisfazem o suficiente as ambiguidades e as alternativas da interpretação. Contudo, uma vez sonhei com uma composição muito linda da qual me esqueci ao amanhecer – comentou como se estivesse buscando vestígios em sua memória.

– Que pena – respondi olhando-a de soslaio.

– Não importa, querido. A composição existe em alguma dimensão e alguém, algum dia, a irá compor – concluiu com sua cortante lógica insensata que a catapultava a esse mundo no qual deixava de ser Mercedes, *minha* Mercedes, para ser cada vez mais Beatriz e onde os poetas agora eram meus fantasmas.

A Beatriz do conto me consumia interiormente, até a beira de meu autocontrole e cada vez mais as associava e as fundia em minha mente. Chateado, acreditava que Mercedes dissimulava seus desejos escuros enquanto vivia sua rotina de cônjuge e satisfazia alguns caprichos meus, tais como trazer o mate amargo, quando eu escrevia, de fazer cafuné antes de dormir e de escutar-me com atenção no momento em que lia um novo conto ainda em formação. Irritava-me seu cinismo, fazia as coisas como se eu não soubesse que sua postura perante o poeta seguia viva, os dissimulados galanteios recíprocos, sua busca por novos mundos depois de ter-se aproveitado da influência e do prestígio de seu velho marido, que a apresentou ao mundo da arte e da escultura. De nada serviam suas femininas retóricas se cada vez que voltava ao piano se escapava ao seu mundo de maçã mordida. Notava-o em sua linguagem corporal, não mexia apenas os dedos, mas todo o seu corpo, insinuante, como se o banquinho fossem as coxas de um jovem varão, notas que desenhavam sua lânguida nudez. Tocava de olhos fechados, entregava-se sem pudor ao magnetismo daquele momento.

Toda vez que Mercedes tocava, aquele sarau voltava à minha imaginação. Seu marido claramente não podia resistir ao cansaço, em parte ocasionado pelo exagero dos narcóticos aos quais não recusava, por não querer parecer velho, principalmente porque a juventude de Beatriz e dos demais presentes buscava outros limites. Incapaz de resistir à fatiga, teve que ceder ao assédio de Morfeu, numa poltrona da qual podia certificar-se de ter acesso visual direto à Beatriz, caso um aviso oculto o despertasse.

Ao comprovar o sono de seu velho marido, Beatriz retomava sua conversa inclinando ligeiramente seu corpo em direção ao poeta.

– A pedra é imortal, querido poeta, as esculturas são obras feitas simplesmente com o primeiro oxigênio da inspiração inicial, o princípio completo que no fim solta todos os seus sentimentos descobertos e lapidados em uma expiração humanamente profunda, dando uma aura à obra, sopro de vida eternamente vinculado, obra e criador, algo irrevogavelmente incondicional – comentava entre decote, com olhos brilhantes de vinho, o assunto e a proximidade.

– A pedra, diferentemente de um poema em formação, não admite diferentes finais, tentativas ou variantes, mas precisa de uma definição eterna que a tem que acompanhar desde o começo, às vezes, dissimuladamente ou no subconsciente, mas que na hora certa se incorpora e se manifesta com tamanha força e se faz mão, ferramenta e martelo, golpeando definitivamente, surgindo detrás de tua mente e de teu coração por um caminho comprido, profundo, muitas vezes, penoso, verdades de um autorretrato. Assim nascemos... – devolvia sorrindo o poeta, roçando suavemente as mãos de Beatriz.

– São bifurcações às quais chegamos depois de queimar nossas últimas garantias, quando se decide que avançar importa mais do que tudo aquilo que se deixa para trás. Assim renascemos... – respondia Beatriz, lábios de carmim.

Os sentimentos de ambos e suas maneiras de se expressarem fluíam naturalmente, sentiam íntimas surpresas, faziam da incerteza, do inesperado, do próximo segundo, do seguinte ato, uma sensação prazerosa no limite da fantasia, inversão de valores que a vida devolverá em seu momento oportuno, já que não lhes passava pela mente resistir.

Mercedes toca inocentemente e se vai, deixa-me indefeso diante do rascunho do conto encerrado silenciosamente vivo na gaveta de meu escritório. Pergunto-me se ela sente saudade do poeta. Indago porque o enterrei e o deixarei imóvel dentro de mim. Hoje, minhas palavras buscam outras expressões, outras consequências diferentes dos olhos brilhantes de luxúria e de sedução, de minha tonta vaidade e de minha promiscuidade. Mas, em algum momento, sei que seus ecos pouco a pouco estão retornando, lições do passado, trazidas pelo atormentado sono do velho em sua poltrona e seu angustiado olhar ao despertar, para que venha a sofrer da mesma maneira, como um bumerangue que arremessei longe.

O único capaz de interceptá-lo será o velho e eu me lembro dele cada vez que Mercedes-piano me escapa rumo ao seu mundo íntimo, inacessível, onde se apaixona, onde talvez traia ou onde talvez peça perdão. Envelhecido interiormente pelos remorsos e pelo ciúme que tanto me custa controlar, provo de meu veneno e busco por reconciliação, cochilando através das notas, sentado em minha poltrona de tal maneira que a posso observar, a espera de outro aflito aviso oculto a sacudir meu corpo ou, talvez, do libertador fim de conto, no qual ele decida me perdoar.

<u>Nota do autor:</u>

Apometria:

*"O termo apometria vem do grego **Apó** – preposição que significa "além de, fora de" e **Metron,** relativo à medida. Representa a clássica divisão entre o corpo físico e os corpos astrais (ou mentais) do ser humano. É, em essência, a separação desses componentes, induzida por pulsos energéticos dirigidos".*

A receita

Havia dias nos quais os minutos pareciam eternos, algo que desconfiava ser obra de meus pensamentos reticentes, carregados de incertezas. Evitava especular sobre o futuro, tratava de vencer esse dia, o seguinte e os demais, mas a falta de perspectiva muitas vezes me paralisava, dilatava cada novo segundo e o que dizer do tempo de uma xícara de café em algum lugar da manhã vazia, em que não incomodasse a Silvia, tão ocupada com as tarefas de casa.

Estava desempregado já há alguns meses, consciente de que aos cinquenta e seis anos as possibilidades de voltar à ativa pareciam ser remotas. A experiência valia menos que a arrojada energia de ambiciosos jovens, conectados a mundos virtuais. A cada nova negativa relacionada às minhas tentativas de encontrar trabalho, regressava por caminhos indiretos à nossa casa, que agora me parecia cada vez menor, *dilatação material,* talvez seriam minhas crescentes aflições, *dilatação reversa,* ou quiçá andasse ligeiramente encurvado, *dilatação de perspectiva,* meu tom de voz decrescia, *ac<u>o</u>ustic dilatation,* e por que diabos os ingleses colocaram esse <u>o</u> antes do u (*dilatação existencial desempregada*)?

No começo, tentei fortalecer-me, era hora de cuidar um pouco mais da saúde, de desfrutar da família, havia o seguro-desemprego e conhecia umas quantas pessoas que certamente me ajudariam a me recolocar em uma nova posição. Logo, encontrei os meus vazios repletos daquilo que tentava a todo custo evitar, mas as minhas lamentações e reprimidas queixas saíam de minha boca como lagartixas famintas pela noite, "tudo começou quando fusionaram a empresa com os gringos", me queixava nas minhas gretas. "Perdeu-se esse ambiente familiar, sabe como é...", prosseguia com meus olhos grandes buscando as presas (será que o *flaco* Sosa me escutou de verdade?), "é preciso inglês fluente, por isso que o país está nesta situação, agora só se fala em *feedback, meeting, fast food* e *pet shop,* enquanto nós nos matamos de trabalhar e eles te presenteiam com um belo *feet* na bunda?", finalizava com minha aderência vertical de salamandra, tragando com a minha língua voraz a outro inseto da amargura, e depois dizem que nós, as lagartixas, trazemos boa sorte...

Comecei a ajudar a Silvia com as tarefas domésticas, principalmente as que eram coisas de homens (ironia machista), como tirar os móveis do lugar (coluna), varrer o lado externo da casa (ombro e coluna, má postura), recolocar os móveis em seu antigo lugar (coluna e agora também os pulsos, má postura crônica) e, por fim, levar os excrementos dos cachorros, com a voz de Eduardo Moreno da rádio Metrópole ao fundo passando uma nova receita de *tortillas*, apesar de Silvia o recriminar (má postura) que já conhecia essa de cor e salteado.

– Mário, meu amor, a roupa já está na lavadora, nosso quarto está arrumado, os banheiros, inclusive o das crianças, estão limpos, o almoço só falta esquentar –"coluna, ombros, pulsos, mente, braços, pernas, pescoço", pensava eu –. Aproveito que estou adiantada para ir ao mercado comprar coisas para a sobremesa, você quer me acompanhar?

"Batatas descascadas e laminadas, cebolas, ovos e sal a gosto", agregava Eduardo Moreno, com certeza, o *flaco* Sosa não escutou realmente nenhum de minhas lamentações!

– Não, meu amor, vá você que eu vou arrumar a antena, você lembra que com o temporal de ontem a imagem...!? – respondi, tendo a certeza de que de alguma forma meus gestos e minha expressão completavam a frase deixada em aberto.

A questão da antena era uma decisão que tomei objetivando economizar dinheiro, na verdade, não tinha a menor ideia de como funcionava, mas imaginava que afinal, se tivesse sorte, não seria nada além de um suporte desparafusado ou um cabo solto, *"meu filho é engenheiro"*, costumava dizer mamãe, *engineer!* A escada de madeira não era um portento de solidez, mas calculei que havia pouco risco, algumas ferramentas no bolso da calça, fita isolante, o sol forte dobrava, que o céu marcava com sombra a escada na parede formando uma perfeita grade, cada degrau me ia encarcerando, *dilatação de consciência,* enquanto o suor salgado formava gotas em minha testa, até que um impulso (ombros e pulso) me tiravam da prisão e me alçavam até a inclinação do telhado, em cujo cume reluzia soberanamente a antena.

O problema do dito aparelho captador de ondas invisíveis poderia realmente ser par de cabos desencapados pelos dentes afiados de algum rato. Como habituava fazer, decidi utilizar-me de uma metodologia de meu antigo trabalho (antes da chegada dos gringos), descasquei os quatro cabos e seus respectivos pares para depois juntar os cobres e atá-los com fita isolante. A cara desinteressada do cachorro deitado sobre a grama demonstrava que se tratava de um trabalho simples, agora bastava apenas conectar o *left plug* no *receiver made in* país estrangeiro, acoplar o *S-cable* em uma das três saídas que eu já não sabia muito bem qual era, enquanto as letrinhas um pouco desgastadas ao lado do *receiver* informavam algo que dizia *do not touch, for use with information,* mas não seria para tanto, afinal já não tinha ficado mais nenhum cabo solto.

Desci pela prisão de sombras sob o olhar impávido do cachorro, uma rápida inspeção na imagem da televisão na qual agora se via uma monstruosa chuva de pontinhos cinza e pretos, com certeza seria o caso de algum cabo invertido, nova subida pela prisão distorcida pelo suor, a visão da inabalável e desgraçada antena, "onde, diabos, você deixou a fita isolante? Talvez aquele não era o cabo do *input*, e se em vez disso tudo, eu simplesmente girasse a antena noutra direção? O suor, o sol, os pontinhos pretos e cinza, um passo em falso, o desequilíbrio, o trajeto inevitável pelas telhas que se quebravam com o peso de meu corpo, a aderência de lagartixa que se mostrava ser uma mera ilusão, uma fortuita olhadela pela prisão de sombra pela qual passava voando, o cachorro sem entender, o impacto na grama, *fragile, this side up.*

Tudo era uma questão de mudança de perspectiva, há poucos minutos observava o bairro de cima, mar de telhados, ruas arborizadas, gente caminhando. Passados alguns trágicos segundos, adentrava num mundo denso, aparentemente caótico e entranhável, no qual, maravilhado, contemplava a fantástica dedicação das formigas. Estendido imóvel sobre o gramado, vi como uma formiga obreira, que se safou por questões de centímetros de ser esmagada por mim, saía apressada a encontrar uma de suas, digamos, "irmãs", e roçando-lhe as antenas passava a mensagem de que algum feitiço de fábulas me fazia compreender perfeitamente:

– Mário se espatifou no chão, perto da zona 1, cortando as estradas 4 e 8.

– Mas por que ele se meteu a consertar a antena? *Unbelievable...*– respondeu a irmã balançando negativamente suas antenas.

– É preciso avisar as demais – insistiu a primeira.

– Eu me encarrego disso, não te preocupes. Marcarei o caminho crítico com uma dose extra de feromonas para avisar a todos sobre o Mário e o cachorro que anda nervoso – respondeu enquanto regurgitava sua volta até o formigueiro.

– Ok, que Deus te proteja das patas do cachorro. E que nossa rainha ponha ovos!

– Que nossa Rainha ponha ovos! – se despediu a mensageira com sua última roçada de antena (estas funcionavam perfeitamente), *message output*.

Não sei o que me tirou desse mundo de fábula, se foi a língua do cachorro ou o grito de Silvia, que eu registrava repleta de pontinhos pretos e cinza.

– Mário! Fale comigo, Mário! – Gritava e eu pensava que estava verdadeiramente aflita.

– Tenho que por mais ovo[1] – respondi confuso antes de certificar-me dos danos físicos.

Sem plano de saúde, Silvia, preocupada, me levou até o hospital público, onde me atenderam após três horas de espera e de analgésicos. Ao sair do consultório, duvidei pela primeira vez de meu futuro, de minhas verdadeiras possibilidades e apesar de me dizer que a personalidade de uma pessoa não pode ser definida por um emprego, me senti como uma caricatura engessada. Algo se seguia perdendo, consumindo-me pouco a pouco, não sabia por onde se me escapava, mas estava determinado a encontrar o caminho, talvez alguma formiga anjo o indicaria.

Mas a mudança definitiva veio numa calorosa noite de dezembro enquanto Silvia preparava uma torta de frango especial, das que eram famosas no bairro. Já havia notado certo brilho diferente em seus olhos, me olhava de soslaio, como se estivesse aguardando o momento certo para falar comigo. Não demorou muito em contar-me que o cunhado de Pepe, do quiosque da esquina, estava procurando uma secretária, porque a atual iria viver nos Estados Unidos, "me parece que era Chicago, Mário, mas não tenho certeza". Que se tratava de um bom salário, além de outros benefícios que a empresa concedia, que havia explicado a Pepe que havia um tempo que não trabalhava numa empresa, que se havia dedicado por anos a cuidar da casa, "e de nossos filhos, meu amor, contudo Pepe me disse que isso com certeza não seria nenhum problema, que o cunhado era gente boa, mas, você acha que os nossos filhos já estão o suficientemente crescidos?".

Senti um aperto em meu coração, a surpresa e a insegurança de meu próprio olhar, a torrente de pensamentos desordenados que batiam em zonas cruas de minha mente, desempregado e agora sustentado por minha mulher, alvo certeiro de comentários jocosos de amigos, "aí vem o Mário Avental, subiram os preços dos ovos

---

[1] A expressão pôr ovos, na Argentina, significa colocar mais garra, coragem.

no supermercado?". Meus sentimentos ainda emergiam e ao distinguir de relance as sombras que se manifestavam em pensamentos desanimados, apressei-me em responder:

– Claro, você deveria tentar Silvia. Não te preocupe pelos filhos, eu cuidarei deles, de todo modo, já mal dão trabalho. Pouco a pouco aprenderei as tarefas domésticas, pelo menos até que eu consiga voltar a trabalhar.

Para mim tem que ser dessa maneira. Preciso dizer as coisas, há uma grande diferença entre palavras pensadas e palavras ditas. Uma vez pronunciadas, crescem e pegam o meu orgulho pelos ovos (R\$ 4,20 a dúzia), acrescentam o peso da promessa, a palavra equivale a uma comprovação de valor, pelo menos antes que vendessem a empresa para os gringos. Reconheço que esse método também é uma armadilha e que costuma utilizá-la justamente naqueles momentos em que o anjinho me diz que é preciso ser humilde, que é preciso incentivar, enquanto o diabinho me vinha com *¿are you nuts? ¡You are the* homem da casa!

– Você tem certeza, meu amor? Pepe me disse que amanhã mesmo poderia falar com seu cunhado. Te parece que podemos? – Questionava-me Silvia, com certo alívio e emoção, em seus olhos encontrava uma pitada de gratidão e de piedade que não me fizeram dano algum.

– Claro que podemos – respondi com um abraço, que sinceramente continha um gênero de amor que ressurgia de algum canto de meu coração, com uma admiração por seu espírito batalhador de levar a vida adiante, ao meu lado. Mesmo assim, também sinto que se aproximava de mim algo parecido com uma possível humilhação e uma espécie de hora da verdade.

Demorei quase três semanas em adaptar-me ao novo ritmo, levantar-me cedo para preparar o café da manhã das crianças e de Silvia, restringindo um pouco o risco de sujar sua roupa de trabalho. Enquanto os demais tomavam o café, observava se estavam se alimentando bem, "é que escuto no rádio, de quinta-feira o Dr. Maldonado, frutas e fibras!". Quando o agora "carro de Silvia" dobrava a esquina, eu já estava separando as roupas brancas das coloridas, era preciso aproveitar o bom tempo para lavar roupa. Na parede da lavanderia ainda estava pendurado o papel de minha mulher com o passo a passo de como ligar a máquina de lavar, as temperaturas e os programas, apesar de já não mais fazer falta, apenas uma olhadela em caso de dúvida. Simultaneamente com meu café e cigarrinho, que Silvia não deixava faltar, e antes de decidir entre música e rádio, costumava limpar a cozinha em total silêncio. Era um momento meu, a hora de algum pensamento, de uma oração espontânea (as dificuldade haviam despertado a minha fé), de perguntas que tentava formular-me, de humores e impressões, um termômetro do dia, mistura de fumaça, café e tabaco e o olhar compreensivo do Sultão, o cachorro companheiro, testemunha de minha queda e de minha tentativa de me reerguer.

Não demorou muito e comecei a falar com o cachorro, a princípio sobre coisas triviais, como ossos, passeios e avisos claros para que não mexesse nas plantas, mas, com o passar do tempo, passamos a assuntos mais metafísicos, tais como o comentário da ouvinte (Sra. Nivea, de Mataderos) no programa de Eduardo Moreno, que nos advertia a todos que o galã Márcio deveria abrir bem os olhos, porque tinha certeza de que a doce protagonista Cora era na verdade uma loba em pele de ovelha, suspenses da novela da tarde. Eu também não confiava em Cora, era uma questão de intuição e notava com espanto que essa quase nunca falhava. "Terei chegado ao ponto de ter desenvolvido o famoso sexto sentido feminino, Sultão?", perguntei parando por um instante de varrer. Isso tudo me parecia um pouco esquisito, tratava-se de uma mudança bastante radical, mas percebia que as tarefas domésticas me modificavam os pensamentos, analisava situações de uma perspectiva antes ignorada, sentia que meus pensamentos começavam a estabelecer um diálogo com a casa. Comigo mesmo. Não estava sozinho.

Um par de semanas depois decidi analisar a minha família como um negócio, ou seja, aos meus filhos e a minha mulher como clientes, posto que, segundo os procedimentos do *marketing* (não me ocorre a palavra em português), teria que entendê-los para satisfazê-los, dedicar mais atenção a cada gesto e a cada palavra, algo que, confessadamente, nunca havia feito anteriormente. Lentamente me calava sem me ausentar, escutava aos demais e mais tarde, quando sozinho voltava às tarefas da casa, algum detalhe se acentuava, os rostos, tons de voz, gestos e costumes, ou talvez carências e sonhos. Tratava de entender os sentimentos e as emoções, inclusive os meus.

– Atenção, queridos ouvintes, donas de casa, corram e peguem papel e caneta que a receita de hoje é uma versão interiorana de torta de frango *light* – interrompia Eduardo.

– *Light?* Até você Eduardo, com essas malditas palavras gringas!

Enquanto seguia varrendo, pensei que talvez meu filho Fabián não tinha de fato aptidão para a engenharia (ideia solta, de onde vinha?), que preferiria seguir outra carreira, mas acreditava que não possuía a coragem de dizê-lo a mim. Notava que Carolina estava um pouco vaidosa demais e que se chateava por já não ter condições financeiras para fazer os mesmos programas de lazer que suas amigas. "Talvez me desprezasse (ataque!). Deus, ajude-me, por favor..." seguia pensando, olhar vazio, vassoura imóvel, movimentos congelados.

– ... e depois de quarenta minutos de forno médio, está pronto. Minhas queridas amigas, esta deliciosa receita é mais fácil que a tabuada do um – concluía Eduardo.

– *Che,* Eduardo, é que você não sabe o que é a inspirada torta de frango de Silvia. É tudo uma questão de sentimento (realmente, estou desenvolvendo características sensíveis), o sabor da vida depende de quem a tempera!

Até o Sultão pareceu não levar a sério minhas palavras. A verdade era que tinha perdido a intensidade dos sentimentos, dando lugar a recriminações, a dúvidas, a amarguras e à falta de confiança em mim, em minhas possibilidades, não tinha planos nem iniciativas, muito menos convicções. Minhas crenças diluíam-se em dias mornos. Como meu serviço já estava adiantado, peguei o dinheiro que Silvia tinha reservado sobre o aparador e decidi ir até a padaria do *flaco* Sosa comprar um maço de cigarros. Ao entrar, reconheci uma voz pelos autofalantes e, com olhar jocoso, me dirigi ao *flaco:*

– Não me diga que você escuta Eduardo Moreno, *flaquito?*

– Fazer o quê, tirando o fato de que ele é torcedor do Racing, é o melhor profissional de rádio que há. Para mim, em primeiro lugar está o Eduardo e, em segundo, o Moreno!

– Concordo, *flaco,* mas convenhamos que as suas receitinhas são bastante mais ou menos! – Critiquei com seriedade.

– Você deve estar de brincadeira, Mário. Aquela do pastel de carne era excelente, a da sexta passada, o cozido dos pampas, uma verdadeira delícia. E falar o quê da torta de frango de hoje? Puro sentimento... – opinava o *flaco* umedecendo os lábios.

– Tudo papo furado, até as alcachofras têm coração. Não chega aos pés da torta da Silvia, inclusive eu as preparo com a mão esquerda e de olhos fechados!

– Falou então, *chef* Marito, acho que você ainda não se recuperou bem de tua queda do telhado. Façamos o seguinte: prepare uma e, se realmente for melhor do que a que estou imaginando, a coloco para vender em meu estabelecimento! Duvide-o-dó! – arrematou com a mão estendida, pacto selado.

Enquanto votava caminhando para casa, pensei que talvez isso pudesse de fato ser uma oportunidade, que se Silvia me ensinasse o passo a passo com paciência, talvez eu pudesse surpreender. Além do mais, a edícula estava vazia e um forno industrial era algo que ainda cabia em nosso orçamento, especialmente agora com Silvia empregada.

– Mas que sujeitinho imbecil, você! Desempregado, dependente da esposa e agora sonhando em ser o vovozinho da cozinha, que piada mais patética, *chef!* – pensei haver escutado vozes que rondavam com maior frequência e que me queriam deprimir e desacreditar. Algo me dizia que precisava opor maior resistência, que a depressão me espreitava e que era hora de reagir, que eu precisava me ajudar para que os céus me dessem uma ajuda.

Pelas noites, enquanto Silvia repetida e pacientemente me ensinava as chaves para uma esplêndida torta de frango, aproveitei o bom ambiente gerado por uma nova e talvez torpe perspectiva para conversar com Carolina, que se juntou a nós animada e pesquisava no celular receitas alternativas. Falei-lhe abertamente sobre as dificuldades que encontrava com minha situação de desempregado, sobre os meus novos aprendizados e valores e que de nenhuma maneira havia abdicado de meus sonhos e de sair dessa situação. Discutimos sobre os preconceitos que passei a sofrer, alguns velados, outros diretos, todos motivados por aparências e precipitações, sem empatia. Carolina era a primeira em experimentar as minhas tortas e passou a olhar-me de maneira diferente, algo que me aliviava e enternecia. Fabián, no começo escutava os planos e conversas sem se intrometer e gradualmente agregava, de uma maneira para mim surpreendente, alguns pensamentos filosóficos e psicológicos que me ajudavam, temas que o entusiasmavam e eram inteiramente opostos à engenharia.

Sentia que a nuvem negra que se havia detido sobre a minha cabeça, lentamente se movia, pouco a pouco, voltavam os sorrisos, especialmente quando Carolina contou ao seu irmão que havia flagrado a Silvia e a mim num apaixonado beijo no quartinho da lavanderia.

Preparei a torta demonstração, sozinho, do começo ao fim, sob o olhar atento de Silvia, que quase não teve que interferir. No dia seguinte, olhei para a minha obra-prima em silêncio, pasmo, em meu momento de café, cigarrinho, fumaça, Sultão e paz matinal. Estava linda! "Uma torta metáfora, as voltas que a vida dá. Às vezes não há remédio, fazer o quê? Os gringos tinham que optar por alguém. O que teria acontecido se tivessem despedido em meu lugar o turco Mohamed, com sua mulher doente em estado de desespero?". Deus sabe o que faz.

— Te prepara, *flaco* Sosa, que tu estás prestes a comer a melhor torta de tua vida! — Disse, enquanto a embalava colando um folheto personalizado, elaborado por Carolina no computador: Eng. Mário Cardoso, tortas salgadas.

Segui com cuidado e lentidão pela calçada com a encomenda nas mãos e voltava a desfrutar da sensação de pôr minha vida em movimento, dos primeiros novos passos, de voltar a ter atitude pois sentia que a fé é também fruto do merecimento e da transformação íntima, reveladora *dilatação espiritual*.

Escutava agora outras vozes. E andava com fé, daquela que não costuma falhar.

Líquida vida

"Procure a satisfação de veres morrer.
os teus vícios antes de ti".
(Sêneca)

Desde a primeira vez que nos vimos, buscamos estabelecer distâncias, dissimular a atração de nossos polos opostos. Contudo, pensava que era hora de viver algo importante e distinto, inconscientemente me sentia mais emotivo, apesar desse ruído branco que nos alarmava a ambos. Passados três anos, estávamos casados e nossas entregas nasciam da paixão, felizes, éramos jovens confiantes no futuro, as dificuldades nos haviam aproximado, nas boas e nas más situações existia esse romantismo das primeiras conquistas iluminadas por um par de velas e por nossos olhos felinos, um vinho barato, compartilhado na cozinha, na qual nos entregávamos devido a nossas urgências e ebriedades.

A filha que não fora planejada trouxe as primeiras mudanças, nos tirava algumas liberdades e fascinações, substituídas pelas necessidades do bebê, nosso diálogo se resumia cada vez mais a fraldas, caretas, papinhas, seu desejo diminuía, silenciosamente cada um sentia falta de uma época que já não voltaria e parece que nesse instante tudo começou. Não posso precisar um fato, uma traição, uma discussão mais intensa de sentimentos que talvez nos tivessem despertado, mas o silêncio dissimulado e crescente se infiltrava e nossos egoísmos germinavam.

O primeiro impacto mais concreto se deu em uma reunião das amigas do colégio de Gloria, "as poderosas do ano 97", onde celebravam os quinze anos daqueles tempos que não eram os meus. Vesti-me de acordo com os pedidos de minha esposa, o que significava deixar a minha nova camiseta oficial do Estudiantes de La Plata no armário. Na realidade para mim tanto fazia, sabia que o uísque falaria inglês e isso era tudo o que me importava para suportar os dilemas de porcelana de suas amigas e dos respectivos maridos engomados. Para mim, era difícil entender o mundo feminino, muito menos tinha essa ambição, mas sentia que apesar de se tratarem de maneira cordial, havia algo entre as amigas da escola que se escondia detrás de elogios e lembranças de juventude desafiadora, sensibilidade que nem com a terceira generosa dose, eu conseguia resumir em uma frase ou palavra. De fato, apenas percebi no momento em que estávamos outra vez no carro rumo a casa, quando o seu sorriso, que segundo antes se despedia das amigas, se desvaneceu como por encanto. Mal havíamos dobrado a esquina e já verificava com gestos tensos sua maquiagem no espelho do quebra-sol e não parecia satisfeita.

– Essa blusa azul celeste me deixa mais pálida, foi um erro usá-la. Você viu que a Daniela engordou?

Eu pacientemente balançava afirmativamente a cabeça, sabia que desempenharia o papel de ouvinte, qualquer comentário seria arriscado demais.

– O segundo marido de Sonia está desempregado, as voltas que o mundo dá. Lembro-me que se gabava por passar férias esquiando em Aspen, uma convencida...

Notava que o brilho nos olhos de minha esposa mudava de acordo ao aspecto das pessoas que retratava, em nenhum momento se referiu à alegria em encontrá-las, depois de todos esses anos, nem analisou os diferentes rumos que tomaram em suas vidas. Suspeitei que naquela tarde não importavam muito os meus valores ou sonhos como marido, mas sim o que eu representava, que estava de barba feita, que não falei muito alto e que pôde se vangloriar de minha carreira profissional, "sim, sim, é um alto executivo", exagerava fortemente.

Naquela noite, foi dormir contrariada ("me dói a cabeça, Alberto") e como tinha vontade de tomar uma dose de conhaque, fiquei sozinho na sala de casa pensando quando tinha acabado a sua fantasia, talvez com a gravidez que transformou o seu corpo e a tirou de seu mundo ideal. Contava-me que pelas noites ela sonhava que boiava em um mar escuro, com a água tampando os ruídos, apenas escutava sua respiração, à mercê da correnteza, desconectada do mundo, sem ver onde estava nem para onde ia, esgotada, navegava imóvel em líquidas noites. Não entendia o sentido de seu sonho essencialmente, porque acreditava que era uma mulher dinâmica que conseguia render no trabalho, ir à academia para suas aulas de Pilates, encontrar as suas amigas uma vez por semana para beber e fumar, cuidar de suas unhas e de seu cabelo, ir à sua sessão com a psicóloga, dar um beijo na filha e ler-lhe um conto para outra vez afundar-se em sua cama, em seu oceano de águas profundas.

Outro dia me contou que ao abrir a porta da geladeira pela manhã notou como seu olhar se perdia lentamente enquanto procurava pelo seu iogurte natural, que ao cabo de alguns segundos imensuráveis encontrou ao lado de uma garrafa de vodca meio vazia ("não acredito, você a abriu ontem?"). Esse passageiro instante a inundou com seu mar de noite em pleno dia, de repente a melancolia daquela manhã lhe transmitiu a sensação de ambiguidade em tudo o que fazia, não sabia quem lhe havia tirado sua juventude, quem era o responsável por sua atual situação de olhos apagados, que se olhavam no elevador da empresa, sétimo andar, corredor até o fim, terceira mesa da esquerda ao lado das flores de plástico, crachá de número 27.486, foto desgastada pelos anos amarelados, até as 18h30, para terminar com a sua psicóloga em outra hora de solidão.

Começaram então os pequenos e mudos sinais: uma reunião de negócios que eu inventava para poder passar um tempo no boteco do Manolo, as peladas de futebol, sua psicóloga, sua bolsa pela manhã, que indicava que iria à academia até tarde, a luz na cabeceira apagando-se ao mesmo instante que eu entrava em nossa casa, com minhas balas de menta, enquanto o tempo corria, relógios da verdade, mensagens em papeizinhos sobre a mesa do café da manhã, voltas sem conclusões.

Creio que naquele momento Glória sofria de depressão. A suspeita aumentou quando uma noite me esperou na penumbra da sala (creio que pouca luz é um sinal de depressão) e de maneira dura e descontrolada sei que tentou me ferir de qualquer maneira.

– Você não percebe, Alberto? Tudo tem um limite e você o está passando. Olhe só a conta que a empregada encontrou no bolso de tua calça: duas tequilas, cinco cervejas e duas *ginebras* e ainda por cima eram às quatro da tarde!

Estava claro que algo acontecia com ela, porque eu herdei essa característica de minha família, suportamos muita bebida, uns tragos não me afetam, inclusive melhoram meus reflexos ao volante, além de me ajudarem a relaxar, já que a pressão que suporto no trabalho e também em casa com essas bruscas mudanças de humor é forte, mas, como dizê-lo a alguém que está atravessando por um momento depressivo?

– Você pensa que eu não sei que você esconde garrafas nos armários? Às vezes me pergunto se você mudou tanto ou se nunca foi aquele que eu pensava que era – prosseguia em sua cega tentativa de desabafar.

Mantive-me firme, suas palavras não me afetavam, além do mais tinha quase certeza de que essa frase não era dela, soavam muito mais às da psicóloga com a qual na verdade nunca fui com a cara. Foi chorando ao seu quarto, depois de falar que eu estava enfermo, que sentia que não encontrava uma maneira de falar comigo, de chegar até o meu coração, que notava a minha solidão, que havia perdido a maneira de me emocionar, não se lembrava dos atalhos que a conduziam até o meu coração, justo o oposto, que se via aproximando cada vez mais a um abismo solitário, consciente de que poderia me perder, sua verdade se revelava diante dela como o seu oceano, engolia água salgada em seu mar de noite.

Minha resposta foi um vasto silêncio, creio que é a melhor opção quando alguém estava desorientado como ela, valia ouro. Decidi então deitar-me ao lado de minha filha dormida, agarrada ao ursinho de pelúcia que eu lhe havia dado de presente em uma tarde de bom humor, sem maiores motivos e justamente por isso tão querido para ela, a espontaneidade é uma de minhas características. Contudo, me levantei pela manhã com a sensação de angústia, precisava controlar os malabares no ar, a pressão para manter tudo unido, o trabalho, a concentração, os pensamentos, as fraquezas, a fragilidade, de repente suava no banheiro da empresa, afrouxava o nó da gravata e, do bolso de minha calça retirava a garrafinha clandestina, a alternativa à que desesperadamente me aproximava quanto mais fugia, o sabor da vodca e de minhas lágrimas sem hálito.

Em uma tarde fui fazer uma surpresa para minha filha no jardim de infância, de onde partimos para tomar sorvete. Na volta, já próximo de casa, um motorista desatento não nos notou e, ao trocar de faixa, batemos as laterais dos carros. Não foi nada, mas vai explicar isso à Glória, debaixo de sua nuvem negra, para ela foi a gota que transbordou o copo e, devido ao seu estado, o que seria um assunto comum de trânsito se transformou em outra análise sobre limites, que fazer-me dano era uma coisa, mas que envolver a nossa filha era demasiada irresponsabilidade.

Enquanto eu fechava as malas, antes que ambas voltassem para casa, lembrei-me com dissimulado sorriso de nossa primeira cama conjugal, um simples colchão de solteiro, no qual inventávamos, entre risos e alegres discussões, posições novas para dormir abraçados, a única maneira que encontrávamos para dividi-lo sem cair pelo chão. No elevador, percebi que havia chegado ao fundo do poço sem ter argumentos, era uma obra inacabada de vida, um rascunho vencido. Glória me disse ao telefone que quando voltou com a nossa filha para a casa vazia e silenciosa se deu conta de que minha ausência não lhe trouxe paz, que sentia saudades.

– A pobre não consegue sair de seu desalento, precisa urgentemente de ajuda, mas não a aceita – disse a Manolo, que insistia muito que eu chamasse um táxi, não sabia que com o álcool os meus reflexos melhoram.

Glória se preocupa muito comigo, a entendo, as mulheres são mais sensíveis, mas o que ela não compreende é que insistir em que sou dependente do álcool não fará com que eu volte à nossa casa (tenho certeza de que essa é a sua intenção). Reconheço que pelas manhãs me custa um pouco levantar-me, mas tudo melhora com a dosezinha de conhaque que coloco no café (devido ao frio) e assim avanço pelo dia e sigo rendendo no trabalho. O futebolzinho deixei de lado, já não aguento correr muito e o *cholo* Diaz me veio com um tipo de advertência, dizia que os rapazes estavam um pouco incomodados, que eu xingava demais e que jogava ébrio, o que claramente era pura inveja devido à minha canhota mágica e a verdade é que me encheu o saco, os verdadeiros amigos me esperavam no boteco do Manolo, que está a dois quarteirões de meu novo apartamento. É de um quarto apenas, no sétimo andar, uma cozinha simples, sem velas, sem os olhos de Glória. Aqui vivo há seis meses, talvez sete ou oito, não existe o tempo em meus dias iguais, que se liquidificam como gelo em meu copo de uísque nacional. Hoje, quando voltei para casa e me aproximei da janela vi o enegrecido mar, que de repente me atraía, me fascinava, porque talvez embaixo estaria Glória boiando em sua noite.

Fui até o balcão movido por minha vontade de encontrá-la, já a água encharcava meus pés e me dava a sensação de mareio, a verdade é que sentia falta dela, tinha vontade de deixar-me cair e de ouvir a sua doce e suave voz, seus carinhos em meu cabelo, "já está bem, nós te amamos, amamos a tua alma, amamos a tua essência, amamos a tua vontade de melhorar e de amar". A escuridão me confundia, meu coração batia aflito, a noite me abraçava, inclinei-me um pouco para ver se a encontrava lá embaixo, mas o mar estava revolto, as ondas furiosas, "não quero dormir sozinho, Glória", as lágrimas e a água que subia e começava a me tragar, a me ameaçar. Não tive alternativa que subir no parapeito do balcão e de lá, ante a face de meus medos e tão frágil como meu equilíbrio, entendi tudo. Diante de mim vi o passo da negra ilusão, vi o barqueiro da morte navegando por meu mar de álcool e às minhas costas avistei ao longe um farol, a luz na tormenta, a verdade que me libertava e que me jogava de volta para o balcão, os braços abertos da sagrada vida que caminhava por sobre a água e me dizia "homem de pouca fé, não duvides".

O filho

Voltei a sentir, pelos portais do passado, o pensamento angustiado de Lucía no instante em que abriu o convite para o casamento de Juan, um de que entendia porque Valdés se havia afastado. Era verdade que cada um seguia seu caminho e que muito haviam mudado, especialmente Lucía, a quem esses últimos anos, desde aquele episódio não conseguiram tirar a tristeza em seu olhar, invariavelmente havia algo de perdido nele ou no tom de suas palavras, algo que jamais voltará. Sabia que seria uma ineludível ocasião para reuni-los, evadiam-se desde a minha dor, meu afogado grito e o silêncio dos mortos. "Pense bem, Valdés!" lhe dizíamos Juan e eu, porque tentávamos ganhar tempo.

Era certo que antes estavam juntos, mais casualmente que por convicção ou sentimento puro, era um contexto que já se havia acomodado, os momentos divididos eram divertidos, tinham algumas mentiras e barreiras que não transpunham, se movimentavam ao borde de suas aparências. Valdés estava decidido a voltar definitivamente ao seu país, uma vez terminados os estudos na universidade, motivo que o fazia encarar esses tempos como uma peça de teatro, alguns atos com Lucía, estrela do modesto entorno, mas dissimuladamente excluída dos planos do quadro final, retornar sozinho ao seu país para ter diante de si todas as opções, entre as quais, a perspectiva de gozar de uma vida livre, sem compromissos com ninguém e uma carreira a desenvolver em alguma grande empresa, um novo mundo a conquistar.

Ela aceitou o risco a partir do momento em que viu que as risadas lhe traziam alívio, pensava que na paixão inicial, que poderia transformar-se despercebidamente, mostrá-la tal como era e abrir novas perspectivas para curar um pouco suas carências, como o divórcio de seus pais em plena adolescência, a distância de seu irmão e sua posterior decisão de viver sozinha numa república de estudantes, onde se recolhia em sua concha e extravasava sua alegria, jogando charme em rasgos de inconstante juventude. Dançava e tudo girava em seus altos e baixos de súbita euforia e repentina depressão, a necessidade de um porto seguro emocional ao borde de seus limites, algo que possibilitasse deixar tudo para trás, a prematura morte de seu pai num ataque fulminante no começo de novembro, as árvores sem folhas, esqueletos de uma cinza tarde atemporal.

Naquela época tinha vinte e seis anos, já havia vivido em diferentes países, trabalhos temporários, buscas anônimas por algo confortante e agora uma nova maneira, a de Valdés, de ver a vida e a felicidade que se poderia infiltrar como um possível lar, um futuro que ela disfarçadamente sonhava, apesar da distância que ele mantinha, seu silêncio quando lhe dizia que o amava, palavras evasivas de um futuro. "Já que ele não fala de um futuro, já que é algo que ele considera abstrato, desenho-o com todas as minhas cores", dizia sem procurar profundidades reveladoras, ignorava sinais, cansada e sem forças para se basear em seu entendimento interior, de seguir adiante por sua conta, "melhor continuar ao seu lado, quem sabe me leve a sua terra natal e deixo tudo para trás".

Suponho que era uma conta que fechava sob a ótica de Valdés, desde as primeiras semanas lhe havia dito que iria ver o que acontecia, mas que não lhe prometeria nada, satisfaziam seus próprios egoísmos, corpos grudados e suados, ele comprazido de sua necessidade viril e ela nutrida de ilusões que a levavam a se entregar, os momentos posteriores junto ao seu peito onde por repetidas vezes imaginava uma vida conjunta. Às vezes conjeturavam uma relação séria, ele se vestia com um terno escuro e ela com um vestido fino, fingiam serem um executivo com sua elegante mulher, juntavam os últimos centavos e saíam para jantar, permitiam viver uma fantasia que terminava entre lençóis e com o colar de pérolas falsas, a maquiagem e os saltos altos colocados. Lucía achava graça, a cara de Valdés fazendo-se passar por entendido na hora de escolher o vinho, assim como ele se orgulhava, quando ela pronunciava os pratos em italiano fluente, sem acento, poliglota de fugas, cena segunda do terceiro ato, tal como quando veio a mãe de Valdés e foram jantar juntos os três. Ele a havia apresentado pela primeira vez como sua namorada, detalhe fundamental no mundo feminino, outro capítulo que a mantinha acreditando em algo futuro.

Iam por caminhos distintos em uma trama que ele sabia bem como terminaria, em algum momento seria preciso dar o golpe final, mas ainda era muito cedo, ficaria um par de anos mais naquele país. Como ela fazia parte do mesmo grupo de amigos, pretendia evitar confusões, assim como oportunidade para que outros oportunistas (como lhe pareciam Manuel e Oliveira) se aproveitassem e numa dessas lhe tomassem o que era seu.

Por outro lado, não conseguia frear certos impulsos de Lucía, tudo tinha o seu preço, até aquele momento havia evitado que fossem juntos a sua terra natal, afinal eram suas férias nas quais queria muito desfrutar de sua merecida liberdade, de suas amizades e dos contatos que sempre mantinha quentes. "Ao diabo", se convencia Valdés, "um homem merece aproveitar das situações que lhe aparecem", um cheiro, um olhar, um sorriso, a pele e os perfumes, estava tudo bem, "no momento propício me acompanharás, querida", curto silêncio que já lhes fazia supor o final. O incômodo da situação se mostrou quando meses mais tarde ela lhe mostrou a passagem aérea para a sua cidade, iria visitar uma amiga por lá e com certeza aproveitaria para visitar a mãe de Valdés e a sua irmã, infiltrando-se lentamente em sua estrutura familiar, pequenos avanços definitivos, fazia vista grossa para algumas coisas ("talvez os homens tenham que viver certas experiências para um maior sossego futuro", dizia) a troco de se apoderar de um novo território do qual seria mais difícil afastá-la, assim pouco a pouco estaria mais acostumado à ideia de uma relação estável, sem sobressaltos.

– Olá, meu amor, adivinhe de onde estou falando? – Ouviu do outro lado da linha, já se havia dado conta pelo identificador de chamadas que ela ligava da casa de seus pais, cúmplices desconcertados de sorriso amável e gestos corretos. Gostava dela por um lado, mas sentia que algo lhe incomodava, havia sido direto a sua maneira, "não posso dizer nada sobre o futuro, Lucía", olhares evasivos que deveriam ser um alarme para ela, "não mergulhe de cabeça, quem sabe poderá faltar-te ar quando voltares à tona". Irritava-se porque ela não soubesse levar as coisas sem compromisso, de maneira leve, divertir-se apenas por um tempo, irem ao cinema, ao museu, ver um show de jazz que davam no teatro municipal a preços acessíveis, liberar os temores em uma batalha de corpos, "já somos maiores e vacinados, amanhã veremos".

– Tua mãe me disse que poderia ficar em tua casa por uns dias, dormirei em teu quarto, há uma foto tua de quando você ainda era pequeno, ontem conheci teu amigo Alfredo, vamos tomar uma cervejinha, minha amiga virá junto. Sabia que adorei a tua cidade?

Já o tinha tentado uma vez uns meses atrás, lhe dizia que talvez ela devesse focar em outros homens e que, ele, em sua maneira justa de pensar, especialmente devido a todos os sentimentos lindos que nutria por ela, muitas vezes, pensava que o correto seria deixá-la livre, não tirar-lhe a oportunidade de construir um futuro mais concreto com outra pessoa. Fingia sinceridade, mas sabia escolher o momento preciso. Não sabia como o fazia, mas tinha a capacidade de sentir quando havia espaço para tais manobras e comentários, o suficiente para exteriorizar um pensamento e retirar o peso de alimentar uma ilusão em Lucía, que pudesse causar danos futuros, mas suficientemente amarrada e cativada para que ela dissesse que não, que sabia em que se estava metendo, que já era bem crescidinha. Respondia com olhos úmidos sem entender se era devido à sinceridade que a enternecia ou se era devido à mensagem cifrada de sua velha solidão, melhor deixar a porta encostada do que terrivelmente aberta.

Foi naquela época que tudo ocorreu. Haviam me avisado que se aproximaria o momento, que aquela noite enquanto dormiam juntos e que nos reuniríamos todos para propor o ajuste. Eu estava bastante receoso sobre o resultado de tudo isso, não é possível escapar das leis, todos estávamos sujeitos a ela e cedo ou tarde teríamos que quitar tudo com os nossos inimigos e que nada melhor do que uma relação de pais e filhos para assentar o perdão e os diversos conceitos de irmandade. A princípio, estavam um pouco surpresos com a proposta, principalmente pelo momento e pelas circunstâncias, mas afinal compreendemos que era o melhor caminho e em consenso aceitamos esse novo desafio, éramos todos devedores. Sempre é assim, nunca nascemos sem o consentimento de todos, reiteradamente teremos que pôr-nos de acordo e entender o porquê dessa nova constelação, entender que se trata de uma oportunidade de evolução, que estaremos sempre diante de nossas vidas e atos, conduzindo-nos pelo livre-arbítrio, era o momento da fé que proveria todo o resto, nunca estaríamos sós. Respiramos fundo, deixaram-nos sozinhos e no fim nos despedimos entre os três, um pacto para viver, apesar de ainda estarmos bastante tensos.

Primeiramente, pensou ser algo normal, muitas vezes, não tinha os nervos controlados, além do mais estava irritada por outra discussão sem sentido com seu irmão e tudo isso ao fim terminava por afetar os hormônios. Na seguinte semana, comentou com Marta que com sua costumeira praticidade lhe disse que, em cinco minutos, voltaria da farmácia com o teste em mão.

— Não, tonta, nada que ver, deixa pra lá, será apenas um desequilíbrio hormonal! — Relutou Lucía, mas de nada adiantaram suas tímidas tentativas de dissuadi-la.

Encontrando-se sozinha em seu apartamento, avaliou a hipótese e, tirando o temor inicial, sentia que inclusive tudo poderia ser muito lindo, a vi sorrir por um momento quando pensava em mim, obviamente não me sentiu ao seu lado. Além de sua fé básica, as noções sobre outras dimensões não faziam parte da cultura daquelas paragens de primeiro mundo.

Parecia que aquele minuto não passava nunca, Marta olhava para o relógio enquanto Lucía se atentava à cor de tirinha, a confirmação de minha existência física veio acompanhada de um tremor por todo corpo de Lucía que, enquanto sua amiga a abraçava, não sabia se sorria ou se chorava. Jamais esquecerei seu coração, estava lindo, brilhava...

Demorou um par de dias até contar a novidade a Valdés, que se mostrou bastante surpreso com a situação.

– Vamos analisar com calma – disse primeiramente e Lucía já suspeitava que ele demoraria um pouco a acostumar-se à ideia da gravidez. Não esperava, nem exigia qualquer manifestação de alegria, pouco a pouco já se prepararia para a nova realidade. Saíram a passear pela cidade, muitas vezes, estar metido no meio da multidão era a melhor maneira de se isolar e de ganhar distância, o ar fresco do fim do inverno servia para despertar e recuperar um pouco a cor em seus rostos. Depois de um momento começaram a se animar lentamente, vestir a alma com o seu terno e com o colar de pérolas falsas, disfarces de sentimentos, a simulada alameda de amor, se eu seria menino ou uma linda princesinha, de como Lucía com seu vestido de flores estenderia a toalha de mesa do piquenique no parque, o aroma das flores do campo e a introdução ao golpe final, "já veremos como faremos, nada de precipitações, as decisões precisam de muita calma". Lucía e eu não sabíamos muito bem que sentido dar a essa frase com sabor à dualidade e a álibi, o resto foi silêncio.

Não era um sujeito que compartilhasse detalhes de sua vida com os demais, era mais reservado, "*che,* sempre precisamos estar atentos aos lobos disfarçados de ovelhas!", contudo, tinha muito apreço por Juan, que assumia uma conduta sempre muito discreta e que já lhe havia perguntado se lhe passava algo. A primeira reação que teve, após um breve espanto, foi levantar-se, buscar dois copos e completá-los de aguardente (a dos momentos especiais).

– A brindar pelo futuro e tomar como homens de verdade, virando de uma só vez! – Disse festivo.

Notávamos o olhar quase embaraçoso de Valdés que, depois do instalado silêncio já revelava tudo, agregava que iria propô-lo à Lucía.

– Não é o momento e quanto antes melhor, entretanto, a decisão final é dela.

Sabia que o demais seria uma variação do mesmo: "que encontre um homem melhor que eu, amarrada e cativada, eu sei onde estou me metendo, deixar-te livre para construir um futuro, adivinha de onde estou ligando? Retornava a sua concha, onde se trancava e me deixava na escuridão absoluta.

– Pense bem, Valdés, pense bem! – Dizíamos, simultaneamente, Juan e eu.

Após duas semanas, nas quais ninguém nos pôde escutar, dirigiram-se à clínica clandestina do bairro chinês, quase na periferia de cidade. Eu estava desesperado, me dei conta de que ela estava como que anestesiada e com o coração sangrando.

– Reaja! – Clamei. Nem sequer ela entendia como havia chegado a esse lugar. Seria tão possível mudar, ainda estava em suas mãos, era questão de simplesmente levantar-se, para nunca mais voltar.

– Que seja por tua própria conta, nada te faltará!

Prometi que não a faria sofrer, mas de nada serviram meus protestos agônicos. Em prantos, senti a primeira pontada em meu minúsculo corpo, misturando-me com o sangue, golpe final, escorrendo entre contrações e gritos conjuntos pela suja privada do banheiro dos fundos.

Aí não, bonitão!

– Sr. Velásquez, sinceramente, não lhe parece um cargo muito ambicioso para sua pouca experiência? – Perguntou o presidente da empresa ILF Chemicals em seu último questionamento daquela definitiva entrevista de emprego.

– Isso depende principalmente do senhor, Sr. Garcia – contradisse Velásquez. A colocação lhe irritou, especialmente porque a resposta somente poderia ser em uma direção, que queriam que respondesse? Que era jovem demais, que não estava talhado para este posto? Contudo, pressentiu que era necessário agregar algo que o situasse naquela zona entre a confiança e o politicamente correto:

– Contudo, se construímos entre nós uma relação na qual tenhamos liberdade para debater, se puder me sentar com vocês, apresentar-lhes alternativas para uma tomada de decisão em consenso, quando as situações assim o requererem, tenho certeza de que encaixo perfeitamente – pontuou um pouco incomodado pelo terno e principalmente pelo nó da gravata que lhe apertava a garganta.

Entretanto, registrou a breve troca de olhares que cruzaram o Sr. Garcia e o Sr. León, esse cujo cartão de visitas dizia *Chief Financial Officer*, de sorriso fácil e cujo humor não combinava com uma espécie de tensão em seu corpo, em seus gestos, em suas mãos suadas e nos olhos nervosos.

Ambos sorriram discretamente e nesse instante Velásquez intuiu que o emprego seria seu, era disparado o mais jovem dos candidatos e justamente por isso o mais barato. Apenas precisavam comprovar seu caráter e confiança, saber que deixaria suas portas sempre abertas ao diálogo e possíveis interferências e nisso percebeu que sua resposta anterior, fruto de sua real convicção, lhe conferiu os necessários pontos positivos. Já que era em teoria o menos cotizado para o cargo, pelo menos seu deu ao luxo de ser autêntico.

Estava agora diante de uma precoce realização profissional em sua carreira, a nova função representava um grande passo, algo que lhe pudesse trazer estabilidade financeira, sem maiores riscos, a empresa investia em seus funcionários, era conservadora e sabia reconhecer o valor de seus colaboradores. Lembrou-se da revista ILF Chemicals News, que folheou na sala de espera e que destacava os nomes e as respectivas fotos dos vários funcionários que cumpriam dez, vinte anos de empresa; havia inclusive uma foto de um senhor da fábrica, que recebia um presente das mãos do próprio Sr. Garcia.

A boa notícia veio acompanhada de outros luxos, passaria a viajar sempre de *Business Class*, com eventuais possibilidades de *upgrade*, lavariam semanalmente seu novo carro, almoçaria num restaurante reservado para a gerência e diretoria, um lugar no qual as pessoas o olhavam com respeito num mundo de constantes decisões, de risadas fáceis, principalmente entre aqueles que mais uma vez riam de uma das piadas contadas pelo Sr. León. Velásquez tentava o quanto antes tomar conta de seu cotidiano de trabalho para finalizar o diagnóstico de seu departamento e desenvolver uma estratégia que pudesse fortalecer sua área e reduzir os custos. "Surpreenderei com um trabalho de grande potencial, limpo e objetivo, os envolverei nas decisões iniciais para ganhar a confiança e demonstrar meu preparo".

Velásquez não esperava demorar tanto em concluir a sua estratégia, diziam que havia uma grande dificuldade em coletar os números, o novo sistema de informática ainda não havia sido totalmente implementado, por isso tinham que avançar manualmente processo a processo para calcular os custos e ainda "havia as coisas do dia a dia", segundo Eric, o dos olhos igualmente nervosos e um dos braços direitos do Sr. León, o anterior responsável pelo setor antes da contratação de Velásquez. Quando, por fim, já impaciente pôde analisar meticulosamente os números do departamento, decidiu basear o seu plano de redução de custos nos principais fornecedores, em que vislumbrava boas perspectivas, estava animado.

– Ah, sim, Velásquez, sabemos que a empresa Fanex é responsável por um dos principais custos da empresa, mas é a única que está habilitada e autorizada a fazer esses trâmites, estão juntos conosco quase que desde a fundação da empresa. Para trocar de fornecedor é preciso uma documentação de nossa matriz na Europa e de lá já nos sinalizaram que não aprovam a troca, pois a relação é excelente. Esqueça a Fanex e concentre-se em outros projetos, o de matérias-primas me pareceu excelente, é algo que realmente precisamos. Se der certo eu até o apresento no *meeting* geral, o que você acha? Você está realizando um bom trabalho e confiamos em você. Depois falamos, ok? Por favor, ao sair, avise a minha secretária que chame o Sr. León, obrigado!

"Não é possível – pensava Velásquez –. Porque ninguém tinha comentado isso? Ao menos Eric deveria ter-me informado, em todo caso, falarei com a matriz, não é possível que não estejam abertos a flexibilizações em uma situação tão vantajosa para a ILF Chemicals". Durante a semana notava algo distinto no ambiente da empresa, sentia que alguns o tratavam diferentemente, expressões faciais um pouco menos neutras, olhavam-no quase que imperceptivelmente de uma maneira mais detida que antes. Uma fração de segundos a mais pelos que o escrutinavam, da mesma maneira que outros o olhavam pela mesma fração de segundo a menos e com certo nervosismo, de alguma forma, nos bastidores, existia uma sensível polarização. Sentiu-a definitivamente quando recebeu o e-mail da matriz que lhe assegurava que não havia objeções com respeito a alternativas para Fanex, que bastava apresentar um sólido plano de execução para conseguirem a autorização.

Pensou em diferentes maneiras, modos de embaralhar as poucas informações que continham muitas falhas. Sem saber ao certo o porquê, percebeu que não se sentia mais tão à vontade nos almoços e reuniões, tinha mais dificuldade em sorrir e notava como se isolava a si mesmo naquele local. Não sabia o que esperar quando se reuniu novamente a sós com Garcia e lhe deu, um pouco menos entusiasmado que antes, a notícia de que poderiam seguir com o plano inicial de economia, via substituição da Fanex.

– Na verdade, bonitão, e te digo bem claro para que você o entenda e deixe de encher o saco de uma vez por todas, a Fanex tem suas maneiras próprias, você sabe o complicado que são aqueles processos! Nós sempre acreditamos neste país, em novas oportunidades de trabalho, investimos aqui. Tudo tem o seu preço, mas eu conheço bem o Sr. León assim como os donos da Fanex, um deles era deputado das antigas. Porque você não nos acompanha uma vez a jantar, a comer bem, tomar um uísque importado e relaxar em boa companhia? Você precisa se desarmar, Velásquez, alivie um pouco, *che*. Concentre-se em outros assuntos, estamos performando um ano muito bom, com perspectivas positivas e você vai indo muito bem, apesar de que te sinto um pouco distante Velásquez, isso não é bom...

No fim daquele ano, na época do Natal, Velásquez se encontrava na casa de seu pai e lhe comentava que justo ao sair do escritório, viu como um dos sócios da Fanex lhe deixava em sua sala uma dúzia de garrafas de uísque.

– Dos bons, meu pai, você tinha que ver, foi a primeira vez na vida que vi um *Blue Label,* havia uns artesanais, inclusive. Mas, o que não me sai da cabeça foi a maneira como o sujeito me olhou, seu sorrisinho, como si fôssemos cúmplices, me senti mal, meu pai, as garrafas continuam por lá.

– Se te incomodam, meu filho, você já sabe o que fazer.

"Por isso gosto do meu velho, amigo de todos os tempos!", pensava diante da mesa de sua sala; imaginava à quais pessoas do chão de fábrica, da recepção e da limpeza poderia alegrar a noite de Natal com um presentinho inesperado. A partir daquele dia passou a assumir uma postura mais agressiva, enchia o peito com palavras pouco cuidadosas e ingênuas, transformava-se num torpe anti-herói e cada vez mais havia um tal de "caso (A)Fanex" nos murmurinhos dos corredores da empresa.

– Não faço a menor ideia de como se alastrou este boato – disse Velásquez –, mas lhes digo que alguém está embolsando dinheiro, caso contrário estaríamos diante de um enorme e primário equívoco financeiro.

– Sei lá, Velásquez, eu não sei de nada! – Garantia-lhe León. – Muitas vezes tenho a impressão de que você suspeita de algo em relação a mim, te digo que não fico com um centavo e não me olhe com esta cara de desconfiança!

– Isso não importa. A questão é: onde está o dinheiro?

– Não te faça de tonto, Velásquez, não seja teimoso – intervinha Garcia. – Você já o escutou da boca do deputado, ele te disse que existe um barco no qual você pode subir. Aonde você pretende chegar com tudo isso?

Desde a seguinte negativa, Velásquez começou a chegar atrasado aos almoços no restaurante da empresa, assim não coincidia com eles na mesma mesa e estaria mais próximo da porta de saída. Ninguém se sentia à vontade e começava a buscar por alternativas para a situação, a semana posterior àquela conversa não havia sido boa.

– Passe em minha sala depois do almoço – lhe disse Garcia, haveria tempo suficiente para escovar os dentes e de preparar os últimos dados referentes ao último mês, todos muito positivos. Pediu para que o Roberto, da informática, desse uma olhada em seu notebook, pois este estava travado.

– Tenho uma reunião com o Garcia agora e volto dentro de uma hora. Obrigado pela ajuda, Roberto.

Minutos mais tarde cumprimentou a secretária que lhe fez um sinal de que *todos* já o estavam esperando: Garcia, León, Valéria do RH e também seu chefe da matriz europeia.

Aí estava, o momento que algumas vezes já havia imaginado, mas que no instante em que ocorre é sempre diferente. "Incompatibilidade ideológica", lhe explicavam, deixaram-lhe o carro da empresa para que pudesse voltar para casa, no outro dia lhe encaminhariam os valores da rescisão e os dados do seguro-desemprego.

Esgotado e vazio, exposto e impotente diante do implacável silêncio das respostas e da crueza da realidade, levantou-se e dirigiu-se diretamente à estreita porta da saída, pensando que certos caminhos não contêm olhares para trás.

O tarô

Claramente a situação não era a mais adequada, contudo uma guerra é um constante estado de exceção no qual resultava muito difícil equilibrar a razão com a emoção, tudo ao nosso redor era insensatez e crueldade. Tratávamos de viver de maneira normal, ignorando as constantes ameaças, especialmente diante dos filhos, para que toda a barbárie não os afetasse demais e nós nos vigilávamos mutuamente porque por muitas vezes estávamos ao borde de um colapso emocional.

Ouvíamos as notícias no rádio sem saber muito bem se podíamos acreditar naquilo que escutávamos. Não entendo de política, mas a guerra nos ensina muito a respeito dos seres humanos, o suficiente para entender que a mentira, a loucura e a ambição desenfreada fazem parte da natureza humana que muitos tratam de esconder. O que nos consumia eram as resultantes incertezas, se nossos maridos estariam vivos, se os aviões que sobrevoavam nossos céus eram aliados ou inimigos, se haviam estupros e execuções, sem contar que nosso futuro se resumia ao dia de amanhã, porque era impossível imaginar algo mais além quando se anda sobre escombros.

De vez em quando, de maneira inconstante, alguns dos maridos retornavam a casa. Eram muitos sentimentos represados que desaguavam como um dique que se rompia: primeiramente, o alívio por vê-los vivos, logo a alegria das crianças, os desejos de intimidade e os olhares que precisavam entender-se novamente, porque era inegável que a crueza daqueles anos nos endurecia a alma, nos tirava o candor, a delicadeza e a alegria. Não sabíamos se haveria outro encontro, sabíamos somente que não éramos felizes, porque ninguém o pode ser quando o objetivo diário é matar alguém ou evitar que o torturem ou humilhem, algo de essencial a cada dia perde o sentido. Cada uma de nós sentia saudades à sua maneira e eram momentos muito intensos, não há como recriminar nada a minha irmã Lotte, por mais que a simples possibilidade, evitável, já fosse um disparate.

Entre nós, falávamos que era preciso evitá-lo de todas as maneiras, contudo, já aos dois meses da última visita de seu marido, Lotte me confessou que suas regras estavam atrasadas. Já se sentia diferente, tanto de corpo como de alma, não fazia falta nenhuma confirmação extra. Em nosso caso, um aborto estava fora de cogitação, já nos bastavam as demais mortes diárias. Claro que estávamos felizes, mas também havia certo pesar, porque não se sabia em que classe de mundo iria nascer, como disse, as incertezas matam muitos sonhos.

Resultava muito difícil falar de romantismo ou de idealismos naquela época, mas as dificuldades e necessidades nos aproximavam de maneira solidária, nos faziam aumentar as percepções e os cuidados, como em uma grande família, nos impulsionavam até a intimidade, tamanha era a necessidade em certos momentos de desabafar ou de aliviar tensões. Constantemente estávamos atentas ao ânimo das demais, nos ajudávamos com as crianças, com a comida, com as acomodações, com as notícias e nos consolávamos em noites quietas, às vezes, acompanhadas de cigarros e de um trago desejoso de uma vida normal.

Em uma dessas noites, um pouco mais relaxadas, Lotte nos lembrava de que antes da guerra eu era uma entusiasta do tarô para fins adivinhatórios, assunto que tentei cortar pela raiz, já que por aqui qualquer vínculo com outros povos ou religiões podia ser o suficiente para uma denúncia de graves consequências. Para a minha surpresa, passados um par de dias, minha vizinha Karin me visitou pela noite, pedindo para falar em particular. De seu bolso retirou um baralho de tarô que pertencia a sua falecida mãe e me suplicou:

– Tenho pesadelos constantes com meu marido no *front*, um desassossego interminável que me deixa sem dormir por dias. Você pode averiguar nas cartas se ele continua vivo?

Não esperava por essa abordagem e se pelo lado racional parecia evidente que não reunia condições, nem conhecimentos suficientes para fazê-lo, por outro lado, seu frágil estado me dava pena, assim que respondi por puro impulso.

– É uma loucura, Karin, mas não custa tentar – respondi subitamente tomada de uma pacífica confiança, com meus pelos arrepiados na nuca.

Nos sentamos em uma mesa pequena iluminada por uma fraca luz amarelada, nos demos as mãos e fizemos uma oração, ela embaralhava as cartas e tudo isso parecia formar parte de um rito que me fazia sentir em outra dimensão. Dispus os arcanos maiores seguindo o método da cruz simples com cinco cartas: a esquerda indicava o favorável enquanto a direita sinalizava o obstáculo; a de cima indicava a ação, seu oposto o seu resultado ou consequência e a carta situada no centro sintetizava o sentido de todas, não tinha me esquecido do procedimento.

Uma coisa era entender o que as cartas podiam representar, suas possíveis interpretações, outra coisa era sentir que meus pensamentos já não me pertenciam por completo, que as figuras criavam vida, se ordenavam com mensagens em minha mente, formando uma história ou uma imagem. Sabia que em seguida daria informações à Karin, que minhas cordas vocais proferiam palavras incontroláveis, mas até aquele preciso instante, ainda não sabia quais seriam.

– Está vivo, não há dúvidas – disse após alguns segundos. – E não tardará em chegar. Saiu a carta da Temperança que lhe dá muito autocontrole nesses tempos difíceis, mas chegará confuso, com dúvidas pelas experiências que viveu em combate, indicado pela carta Lua. Sei que ele vem porque, como ação, saiu o Carro e a Torre, indicando que repensará o seu futuro. Para a posição da síntese saiu o Sol, uma união feliz.

A expressão corporal de Karin mudou completamente, como se lhe houvessem tirado um peso tremendo de seus ombros. Se emocionou e até sorriu, suas faces recuperaram vida e cor.

– Não é uma ciência exata, Karin, além do mais, faz tempo que eu não pratico. Tenho medo de me equivocar e de te dar falsas esperanças – confessei antes que se fosse embora.

– Não importa, minha amiga. Obrigada por tudo. Tenho certeza de que você acertou – respondeu e em um impulso pouco comum em nossa cultura e época, me abraçou com força e ternura. Com a comoção que senti nesse instante particular, também senti o peso da responsabilidade.

Nos seguintes dias a víamos mais confiante, esperançada e dos pesadelos ou da insônia não ficaram rastros. Mal tinham se passado dez dias, tocou a campainha de minha casa para avisar-me que seu marido havia chegado à noite anterior.

– Vi em teus olhos, em tua maneira de falar, não sei como funciona, mas foi um momento mágico. Você também sabia que era verdade – me dizia sorrindo, plenamente convencida.

Na seguinte semana aproximou-se de mim uma amiga dela, igualmente torturada pelas incertezas. Lotte a fez entrar e nos preparou um chá ralo enquanto eu a atendia. Inicialmente lhe neguei o pedido, mas sua cara de desolação me fez reconsiderar a decisão. As cartas também traziam boas notícias que logo se confirmaram, por uma missiva de seu marido que chegou um par de semanas depois. As consultas aumentavam e isso me deixava intranquila.

A cada confirmação, Lotte e eu nos olhávamos surpreendidas e um pouco assombradas. Sabíamos que nos faltava certa explicação científica, o que aumentava o aspecto sobrenatural dos acontecimentos, para que da sorte representada pela disposição das cartas resultasse a leitura correta de fatos atuais ou futuros. Nos maravilhava e atemorizava o fato de predizer o futuro, sempre tinha a sensação de que violava um espaço que não me pertencia.

– Acontece que o futuro não é um fato, mas uma consequência – disse com muita contundência a uma das consultantes e sabia que as palavras não me pertenciam, pelo simples fato de jamais ter chegado à semelhante conclusão anteriormente.

Minha irmã comentava comigo que tinha a impressão de que eu era outra pessoa durante as consultas. Era algo sutil, mas que ela reconhecia de imediato no olhar, um pouco na voz, dizia que minha energia e a do recinto eram diferentes, uma aura especial.

– Talvez esteja mais sensível devido à gravidez – tentava desnecessariamente se justificar. Quiçá tivesse sido melhor entender essas coisas antes que tudo começasse.

Acontece que duas semanas depois, notei que Lotte estava um pouco diferente. Os altos e baixos emocionais eram normais durante a gravidez e guerra, mas Lotte estava acompanhada de uma tristeza disfarçada, certa insegurança disfarçada. Dizia-me que não era nada, mas certa noite, percebi que ela me sondava e, por fim, se abriu enquanto nos preparava um chá na cozinha.

– Você pode me ler as cartas? – Pediu-me finalmente. Senti medo em sua voz e apesar de ser inevitável, desde o princípio quis dizer que não.

– Não tema, minha irmã, por favor – insistiu ao notar que minhas mãos tremiam.

Saiu a Sacerdotisa como evidente referência à sua gravidez e a Morte como o obstáculo. Minhas mãos me pesavam e fazia um tremendo esforço para não evidenciar meu temor, meu nervosismo. Logo saíram o Papa como ação do destino e o Ermitão e a sua solidão como consequência. Em seguida, o Enforcado, representando o sacrifício e a abnegação como síntese, mas eu sabia em meu íntimo que seu marido havia morrido.

Por uns segundos, suficientes para Lotte, tive pânico. Estava totalmente confusa, não sabia o que dizer, acreditava que o sagrado desses momentos não me permitia mentir, sentia minha total incapacidade de gerir a situação. Bastou um só olhar de Lotte, para que ela entendesse sem que eu tivesse pronunciado uma palavra sequer. Saiu assustada da cozinha e eu sabia que descia correndo pelas escadas entre lágrimas até ganhar as ruas, frias, cinzentas e incertas. Não havia o que fazer nesses momentos, a guerra nos ensina a conviver com a impotência.

Desarmei o tarô, acomodei as cartas no estojo e as guardei no fundo do baú, de onde nunca mais saíram.

(dedicado a Ingeborg "Oma")

A sogra

*"O orgulho separa os homens;
a humildade une-os".*
(Henri Lacordaire)

Mentem os que dizem que não devemos julgar. Mentem porque é uma reação automática e necessária, precisamos de uma vara de comparação que permita situar-nos para que desse ponto possamos determinar as perspectivas, os caminhos corretos do futuro. O demais seria viver sem opinião, sem se comprometer. Quando vi pela primeira vez a Nádia, fiquei um pouco surpresa, já que fazia pouco tempo que meu filho Rui se havia separado da Letícia (graças a Deus!). Como nasceu de meu ventre é natural que eu seja a pessoa que melhor o conhece e não creio que se enrolar agora com uma mulher qualquer fosse o mais apropriado. Fazia falta entender um pouco a si mesmo, entender os erros, o desperdício de tempo com Leti precisava ser compreendido, para que não voltasse a ocorrer e o melhor teria sido ficar certo tempo solteiro e atento aos sinais que as pessoas emitem, é um livro aberto que temos que ler com atenção aos detalhes.

Com todo respeito, mas o desfecho com Leti estava cantado e ele demorou tempo demais em se dar conta. Bastava observar a sua maneira de se vestir, muitas cores, muita bijuteria, perfumes exageradamente doces e não tinha diploma. Além do mais, falava com as pessoas tocando-as nos braços e ria alto, toda uma maneira de querer chamar a atenção, seguramente fruto de alguma carência afetiva, e meu sexto sentido me dizia que a qualquer momento poderia ser-lhe infiel, se é que já não lhe adornou a testa com um par de cornos, Deus que me perdoe! Obviamente tenho preconceitos, não considero que ser vendedora de cosméticos seja uma profissão menor, mas um casal tem que se mover no mesmo nível, buscar crescer juntos e, Rui, depois de largos e insistentes anos, está a ponto de se diplomar como técnico eletricista e recentemente passou para o nível avançado de inglês. Tem trinta e três anos, a idade do Cristo e está na hora de se propor o futuro para alçar voo.

Como mãe havia comentado algumas vezes que gostava de Leti, mas não como sua mulher, porque não tinham muito que ver, que se notava que faltava algo na relação que não o permitia desenvolver-se em sua plenitude, que devesse pensar bem a respeito. Nunca a tratei mal, pelo contrário, não foram poucas as vezes que, com paciência, tentei lhe mostrar certas necessidades e costumes de Rui, mas era como falar com uma parede, além de tudo, Leti era muito teimosa.

Por tudo isso, creio que o melhor tivesse sido que Rui refletisse um pouco sobre a vida antes de se meter em uma nova relação. Minha esperança era de que entendesse seus equívocos na avaliação das pessoas, nos sinais a que tantas vezes me refiro. Está claro que o amor não é uma ciência precisa, mas certas condições prévias ajudam bastante e evitam futuros remendos. Ser católica, por exemplo, é um bom sinal, ser temente a Deus garante certa ordem moral importantíssima para uma família e o padre Felipe me dá razão. Tenho a preocupação de me informar antes de emitir uma opinião, para falar com embasamento, para poder ajudar, apesar de eu tentar me manter à margem dos acontecimentos, o que nem sempre é possível.

Talvez com Nádia também nos tenha prejudicado um pouco as circunstâncias nas quais nos conhecemos. Foi em uma tarde de sábado, na qual decidi fazer-lhe uma visita surpresa ao meu filho, com uma torta de banana fresquinha, um detalhe simples de uma mãe amorosa. Rui me abriu a porta, um pouco desconcertado e esquisito, e enquanto eu preparava um café para nós, sentia que algo estava diferente na casa. Logo, alguns barulhos quase imperceptíveis de torneiras abertas, das dobradiças de armário e também de possíveis passos leves me alertavam de que provavelmente não estava sozinho.

– Mamãe, gostaria de te apresentar a Nádia – ouvi a voz de meu filho às minhas costas. Outra vez meu sexto sentido não havia falhado. Dissimuladamente respirei fundo antes de dar uma volta e encontrar-me com uma linda mulher um pouco envergonhada e sorridente, que timidamente me estendia sua mão.

– Muito prazer em conhecê-la – disse enquanto tomei a iniciativa em dar-lhe um beijinho, apesar de que o único que me passava pela cabeça, após uma certeira e solapada análise, era que ela estava descalça e que usava uma camiseta de Rui, o que comprovava que não temia a Deus nem muito menos à sogra.

Foi isso, assim me apresentou a Nádia. Não me apresentava a sua namorada, nem sua amiga ou uma colega, simplesmente me apresentava a Nádia, o que significava excluir-me de mais detalhes de confiança, *"melhor não abrir o jogo com a velha"*, deve ter combinado previamente, mais preocupado que Adão em outono, fala sério! Mal tinham se passado quinze minutos e me despedi de ambos, o que menos quero é impor a minha presença onde não a valorizam.

Ao longo das seguintes semanas, Rui não voltou a referir-se a ela em seus telefonemas diários e também não mandou nenhum sinal de aproximação, um almoço, um chá ou um bolo. Voltei a encontrá-la no dia em que Rui veio me visitar. Quando abri a porta, ela estava parada na calçada encostada em seu carro de mãos dadas de um garoto de uns seis anos. Apesar de ter aprendido com os anos a fazer as mais diversas caras que as convenções sociais possam requerer, o fato de que fosse mãe, provavelmente solteira, era quase o veredito, a sentença de Ruizinho se metia em uma confusão infernal e creio que minha cara de assombro delatava essas preocupações.

– Vim apresentar meu filho Tiago para a senhora – disse-me com tom leve, mas sem sorrisos, como se não se desse conta de meu evidente desagrado.

Cumprimentei-a, elogiei-lhe o filho, que me sorriu com fofura e os convidei para que entrassem, proposta obviamente rejeitada com uma desculpa qualquer, parecia que esse era o combinado com Rui, se iriam ver pela noite. Entendi que ele veio me visitar para falar-me de maneira oficial a respeito de Nádia e, de fato, foi isso que ocorreu.

– Onde vocês se conheceram? – Perguntei preparada para novos assombros.

– Trabalha na cabelereira a dois quarteirões de casa – respondeu com cuidado.

– Divorciada?

– Há três anos.

Apesar da já conhecer a resposta, formulei a pergunta com a esperança de que se desse conta do quão insensato isso tudo era.

– Claro, não tem muita pinta de ser católica... – lamentei.

– É espírita – respondeu-me o condenado.

– Virgem Santíssima, se apenas existe uma igreja, santa, católica e apostólica – respondi de golpe, fazendo o sinal da cruz.

Agora começava a entender certas coisas e pensar que me queixava de Leti, uma santa! Devido à criticidade da situação, lhe falei diretamente, sem rodeios. Adverti que estava claríssimo que isso não tinha futuro e que atrasaria toda a sua vida com uma mulher assim.

– Que conste que eu te avisei – disse irritada, balançando negativamente a cabeça.

Nos seguintes meses, apenas a via em ocasiões curtas, penso que tratávamos de nos evitar, apesar de que o disfarçávamos com a cordialidade. Era preciso ter paciência e rezar para que o Ruizinho se desse conta e se cansasse dessa aventura. Entretanto, algo já estava diferente, talvez fruto de algum feitiço. Ao Rui, o sentia distante, parecia que me visitava por obrigação, algo do brilho ou da intimidade que nos unia se perdeu. Mas não a sua alegria, o seu entusiasmo. Eu o conheço e a verdade é que seu aspecto era muito bom, parecia mais confiante, mais disposto, mais feliz. Uma vez, enquanto eu preparava um mate amargo na cozinha, me dei conta de que ele falava com ela pelo celular. Seu rosto se iluminava, o tom de voz era doce, estava completamente enamorado. Eu já sentia como a energia, a presença de Nádia se interpunha entre nós, que me estava tirando o filho.

Mas a culpa também era do Rui, que não reagia e inclusive me desafiava com discursos sobre preconceitos, que eu julgava sem conhecer e que esse tipo de atitude leva ao isolamento, além de outras acusações, que com muito esforço, tentarei esquecer no dia em que voltar com o rabo entre as pernas para me dar razão. Por fim, me convidou a almoçar no dia de seu aniversário com a sua nova família, que papelão. Fomos no carro de Nádia, que dirigia concentrada, enquanto Rui tratava de distrair o garoto que não parava de olhar-me com uns olhinhos doces e que insistia em me presentear um de seus carrinhos de brinquedo.

– Te dou este de presente porque é o meu favorito – me disse o fofinho com um sorriso satisfeito, que era parecido com o de Nádia.

Na hora de escolher os pratos, ela recomendou a Rui a pasta com cogumelos *porcini*.

– Está perfeito se você o quiser matar! Ruizinho tem alergia a cogumelos, você deveria saber... – disse balançando a cabeça em sinal de satisfeita desaprovação, minha especialidade.

Eu desfrutava das entradas (*brusquetas* romanas e o menino me deu um pedaço de sua mozzarella), depois pedi raviólis com frutos *del mare*, apesar de que Nádia me tivesse advertido que o tempero era forte.

– Obrigada, mas já tive que engolir coisas mais indigestas na vida, querida – respondi quase sem olhar para ela. Senti que Ruizinho respirava fundo, um pouco incomodado, fazer o quê, cada decisão com as suas consequências.

– Neste caso, recomendo um bom *Grappa* para o fim, é digestivo – respondeu a danada com bom humor, sem acusar o golpe.

E dessa forma se desenvolveu o almoço, com o menino muito amável insistindo que eu experimentasse um pouco de seu prato (tripas à moda da casa), Nádia medindo suas palavras, Ruizinho um pouco sem graça e eu comendo feito uma rainha, bicho que voa, pra caçarola! Na verdade o restaurante escolhido por Nádia estava excelente, contudo, quase uma hora depois, comecei a sentir certos inconvenientes no estômago, além de um calor tremendo que me faz suar. O menino ria a cada som estranho que saía de minha barriga e num piscar de olhos fui ao banheiro.

Cheguei quase desmaiada e no instante em que iria abaixar as calças, talvez devido ao chão escorregadio ou à tontura, me desequilibrei e caí sobre a privada. Cair na minha idade era um de meus temores mais profundos, meu ombro doía, os pulsos, braços e devido ao medo daquele instante, outras partes se esqueceram de funcionar e acabaram relaxando. Senti duas a três contrações e incontroláveis jorros e como entre as minhas coxas escorriam meus líquidos excrementos, tingindo de merda minhas arriadas calças claras, galo na cabeça, humilhada e banhada por amargas lágrimas.

Não sei quanto tempo fiquei imóvel até que escutei a preocupada voz de Nádia. Por um instante, senti que todas as minhas veladas recriminações, meu desprezo e ar de superioridade seriam para sempre soterrados por essa humilhante cena, à sua mercê. Sabia que não seria preciso uma só palavra, que bastaria um olhar dela, um gesto intencionado para colocar-me em meu lugar, chorando de vergonha.

O primeiro que fez foi sentar-me sobre o vaso, tomar o meu rosto entre suas mãos e pedindo que eu a olhasse nos olhos.

– Não se preocupe, senhora, eu estou aqui – disse em tom amável, com confiança. Olhava-me com seus olhos negros, de frente, para que eu a pudesse ler sem filtros. Não havia constrangimento, nem piedade, nem superioridade, apenas um brilho humilde que me acalmava como um bálsamo.

Depois de se certificar de que eu não tinha nenhum osso quebrado, me explicou claramente que iria buscar toalhas de papel para me limpar e que eu não me preocupasse, pois tinha roupa do bazar no carro, com certeza, alguma serviria. Ajoelhada a minha frente, vi como delicadamente me limpava sem asco, como limpava minhas intimidades e sentia a sua preocupação em não me humilhar. Calava-se com personalidade e apenas quebrou o silêncio para agradecer a Deus de que eu não tivesse me machucado com gravidade.

Um par de minutos depois voltou com uma calça de cor parecida.

– Com certeza, não vão perceber nada – ela disse sorrindo – Ruizinho não repara em cores – afirmou com razão, tão típico dele.

Retornei à mesa, apoiando-me discretamente em Nádia. Rui, impaciente como era, já tinha pagado a conta. Nos olhou com certa ironia e logo disse:

– É um dos mistérios mais antigos da humanidade, a razão pela qual as mulheres demoram tanto no banheiro – comentou dando a mão ao menino, ser da mesma espécie.

– É uma oportunidade de nos conhecer melhor – respondi fazendo um carinho no braço de Nádia, que seguia me apoiando.

Intimidades

<u>Minuto 0</u>

Quando tomei assento, o vagão estava quase vazio. Sempre que possível, sou um dos primeiros em entrar para sentar-me junto da janela e por ser uma forma indireta de demarcar um território e de ser avaliado. Escolhi um assento diferenciado: fazia parte de um conjunto formado por duas fileiras de poltronas duplas, uma de frente para a outra, separadas por uma mesinha que tinha opções de tomadas. Uma vez acomodado, passei a ser uma referência aos demais passageiros que entravam e buscavam um lugar. O trajeto entre Buenos Aires e La Plata duraria exatos quarenta e três minutos e, enquanto isso, forçosamente se estabelecerá uma intimidade pelo simples fato de dividir um espaço. Está claro que as primeiras opções costumam ser os lugares vazios, mas logo, uma vez esgotadas essas alternativas, entram em jogo razões particulares e subjetivas.

Se bem que existem diversos critérios na hora de escolher um assento, sem dúvida, alguma conexão ocorre, uma revelação subconsciente e inevitável. Nesse sentido, o lugar chave de minha configuração, o mais esclarecedor, é o que está diretamente à minha frente, é a mais íntima de todas. Interessava-me muito saber quem seria a pessoa que se inclinaria por mim, quais seriam suas razões para ter-me escolhido, o que era que nos uniria, secretas conjeturas.

A primeira passageira que entrou sob essas condições foi uma senhora de origem aparentemente humilde, que se sentou no primeiro lugar disponível, ao lado de uma jovem tímida, de óculos e um livro em mão e que se dispôs imediatamente em ajudá-la em instalar-se. Notava-se que era de boa índole e, com certeza, este havia sido o motivo oculto que fez com que a senhora a escolhesse, o sexto sentido da experiência.

O próximo era um senhor calvo, cuja barriga acentuada estufava seu terno e era segurada por tenazes botões da camisa que pareciam gritar por ajuda. Estava feliz, falava ao celular e não se desprendia de sua maleta. Sentou-se ao lado de outro senhor que parecia ser de origem estrangeira, com porte e pinta de ser importante. Provavelmente o escolheu por considerá-lo seu par e ao longo da viagem lhe falará sobre economia, sobre o lamentável comportamento dos políticos de nosso país, de como somos atrasados. Devido ao educado sorriso do estrangeiro, deduzi que sua tática seria o polido distanciamento diante desse personagem que não pertencia ao seu mundo.

A terceira pessoa era a que se sentaria à minha frente. Arrastava uma mala de rodinhas com uma mão e a outra segurava o celular que nesse instante era sua única preocupação. Ao passar pelos primeiros lugares, olhava os assentos de maneira superficial e ao se aproximar do assento chave se deteve. Tinha-se decidido. Um homem atrás dela se antecipou a mim e a ajudou a guardar a mala. Agradeceu-lhe com o mesmo tom e distância com o qual me pediu licença para sentar-se à minha frente e conectou o celular na tomada para carregar-se com ansiedades.

Foi decepcionante. Realmente me incomodou que essa mulher em nenhum momento tenha tomado o mínimo de cuidado na hora de optar por um lugar, o único que lhe importava era uma possibilidade de se conectar. Uma vez banalizadas as minhas expectativas, me senti um pouco torpe e desmoralizado, porque jamais me imaginaria menos determinante que uma tomada. Sei que era uma tolice, mas isso me afetou especialmente porque não conseguia retribuir a sua indiferença.

Minuto 7

Durante a viagem, a iluminação do vagão me permitia observá-la pelo reflexo da janela. Meus olhos apontavam para a paisagem, mas na verdade se enfocavam em sua imagem espelhada que parecia inquieta, da mesma maneira que seus loiros cachos pintados que lhe caíam sobre os ombros.

Algo me dizia que era fumante.

Olhei as suas mãos: tinha as vermelhas unhas bem cuidadas e dois anéis de bijuteria, algumas veias saltantes sob sua pele clara e que inevitavelmente revelavam uns quarenta abris, as mãos... De repente, retirou o celular e o colocou sobre a mesa com inegável enfado. Tentei ler o teor, mas o vidro era um espelho e gerava uma inversão entre os lados, transformando letras em hieróglifos de um prisma de reflexos.

Justamente quando meu cérebro estava a ponto de vencer a confusão mental para compreender as primeiras palavras, a tela se apagou.

Minuto 12

Enquanto a tela seguia em seu mar negro, deduzi que falava com um homem, provavelmente seu amado (apesar de não usar aliança), porque toda a sua irritação, seu nervosismo e gestos que seguiam repercutindo no ambiente, formavam a mesma nuvem preta que pesava sobre a minha cabeça, quando Eliana se queixava de minha tibieza e de minhas incertezas. Existem certas irritações que apenas os homens conseguem ocasionar.

Decidi olhá-la. Era uma boa ocasião, já que seu reflexo na janela indicava que estava ocupada com as suas mãos. O que seria uma olhada fortuita, logo se estendeu. Algo nela me atraía: sua beleza não era plástica ou imediata, mas me impactava segundos depois, como numa segunda onda, imprevista. Cheia de caráter e de personalidade, mas também distante, indecifrável armadilha.

De repente, a tela se iluminou. A mensagem era cumprida, não consegui ler nada. A mulher balançava a cabeça, sorria ironicamente e sem pensar muito, escreveu duas frases que eu tratava de ler, tentava localizar o começo, as letras e dar-lhes sentido:

.atraf uotsE. matnetsus es oãn sarvalap sauT

.açeuqse eM.

Avançava confusamente, estava ainda inseguro no entendimento e em meio ao meu desespero tentei gravar a mensagem em minha memória antes que a tel... Preta outra vez. Fechei os olhos de modo a que a imagem de texto se congelasse sem se desarrumar nem com o mais leve balanço do trem. Tentava levar a imagem a um lugar seguro em minha memória, tal como um copo cheio, até a borda, que precisamos levar para um doente sem derramar uma gota sequer.

De suas frases tive certeza apenas de que escreveu: tuas palavras, farta e algo de esqueça, me esqueça, te esqueça.

Se bem a junção dessas palavras permitisse criar muitas hipóteses, como uma conversa entre irmãos ou colegas, não havia dúvida que escrevia para seu namorado. Tive certeza, porque a sua maneira de respirar, mais lenta e pesadamente e com os braços cruzados sobre o peito, era semelhante a de Eliana, quando o assunto era viver juntos.

Minuto 23

Sua energia mudou. No começo era evidente que estava chateada e nervosa, me fascinava até ali a sua firmeza, sua personalidade, gostei que fosse intransigente e que fechasse a porta ao espertão. Mas achava que, ato contínuo, ela desmoronasse, que brigasse com suas emoções, que procurasse por seu maço de cigarros e pelo isqueiro em sua bolsa para fumar escondida no banheiro, que lhe mandasse uma mensagem para sua melhor amiga com queixas e desabafos, *emoticons* e pontos de exclamação, que chorasse e que talvez a pudesse consolar.

Nada disso sucedeu. Ela contemplava a paisagem com olhar distante, não havia vestígios de desespero, muito menos de tristeza. Reinava a mesma indiferença com a qual se decidiu sentar à minha frente.

Acredito que não o amava, menos mal, porque tinha certeza de que ele não a merecia. Seus pensamentos definitivamente me eram inalcançáveis, ela encontrava-se conscientemente distante, em um mundo aparte e pareceu-me estranho que algo nela se parecia à Eliana, apesar de serem fisicamente distintas.

Minuto 26

Descobri o elo que as unia! Ambas tinham o mesmo olhar desinteressado, seja da atualidade, deste assento, de nossa intimidade, dos minutos que ainda nos restavam. O que me surpreendeu foi o tempo que precisei para associá-las através do olhar comum, algo tão óbvio. Talvez porque recentemente o olhar de Eliana tenha mudado, apenas agora me dava conta. Essa distante indiferença não existia antes nela, quando as discussões sobre o nosso futuro lhe incendiavam o olhar, carregada de ira, de amor, rebeldia e de paixão.

Mas ultimamente seu olhar era distante, como se olhasse uma paisagem pela janela de um trem.

Farta!

Minuto 33

Acredito que sei quando mudou o seu olhar. Foi há dois meses, mais ou menos. Recém havíamos estacionado o carro, a um quarteirão do restaurante de sempre. Ela estava diferente, havia-o notado antes, mas encontrava-se justamente naquela zona em que todo homem se desespera: temia perguntar se estava acontecendo alguma coisa da mesma maneira que temia calar-me.

Caminhava alguns passos diante dela olhando meus e-mails no celular, quando se aproximou um vendedor de rosas. O afastei com um simples aceno para voltar a me concentrar nas mensagens. Escutei como lhe disse algo alguns passos mais tarde. Naquele instante não dei nenhuma atenção, mas agora intui que era importante e tratei de resgatar as palavras, com certeza, imprecisas.

.adan orboc oãN

.zilef zef em êcoV

Quando me dei volta, Eliana fazia o mesmo movimento, com uma flor em mão, enquanto o vendedor seguia rua abaixo. Surpresa pelo inesperado ato, sabia que estava sorrindo. Entretanto, ao ver meu rosto ausente, iluminado pela tela do celular, seu semblante se transformou e se apagou. Sentiu-se patética, sozinha, distante e com uma rosa de outro na mão.

A partir de então seu olhar não voltou mais, agora o sei. Acho que a perdi ou que estou indo aos diabos.

<u>Minuto 37</u>

Eliana está farta! Quero fumar. Não a faço feliz. Temos que conversar, Eliana, me escutarás? Palavras... Não gosto quando me olha assim, ausente. Onde deixei o maldito isqueiro?

E qual é a dessa mulher? As coisas não se resolvem assim, *"estou farta e tchau!"*. Que sabe ela de sentimentos se me escolheu devido a uma infame tomada e se separou por mensagem de texto? Contudo, eu a teria escolhido se tivesse um lugar livre em frente dela, talvez porque me faria lembrar de Eliana.

Me esqueça.

Quero fumar.

<u>Minuto 41</u>

Tratava de convencer-me de que tudo isso não passava de um jogo de associações sem pretensões, que em seguida essa má sensação que me contagiou passará. A encarei com insistência, sem o subterfúgio dos reflexos, mas permanecia alheia. Seus segundos eram próprios e eram medidos pela quantidade de vezes que enrolava os dedos em seus cachos.

O trem começava a desacelerar. O tempo se acabava.

Sabia que seria inútil, que não olharia para mim até o fim. Por um curto instante tinha a esperança de que a tela do celular voltasse a indicar que havia uma mensagem, que por fim lhe desse outra oportunidade, que pudesse voltar.

O vagão escureceu um pouco, quando o trem chegou na plataforma, sob o teto de estrutura metálica. A mulher se ajeitou, pôs o celular no bolso sem olhá-lo, alguém a ajudou com a mala, esperou friamente que a fila andasse, sem incomodar-se por ter-me despido sem rodeios, por dizer-me na cara que Eliana já não aguentava mais e profetizar que, se nada mudasse em mim, Eliana se iria, tal como ela, em silêncio e sem olhar para trás.

Permanecia olhando para ela pela janela até perdê-la de vista, até que não ficasse nada além de um reflexo. Foi, sem dúvida, a mais íntima de todas.

A outra

Senti que havia algo de diferente mal tinha entrado na casa de dona Lucia, aniversariante dessa tarde de sábado, mãe de minha amiga Nicole. Meu marido tinha ido com as crianças à casa de minha sogra por um par de semanas, assim que aceitei o convite com gosto para afugentar a solidão desse dia. Gosto dos ambientes familiares, as misturas de gerações, as liberdades entre as pessoas unidas por suas histórias de tempos inocentes.

Além de Nicole e de seus pais, não conhecia quase ninguém dos parentes que me olhavam com felicidade, muitos deles sorridentes. A primeira em equivocar-se foi uma tia avó de Nicole, que me cumprimentou com bastante intimidade:

– Esses quilinhos a mais te caíram muito bem, Ariane – disse com satisfeita sinceridade e simpatia.

– Perdão, tia, mas essa é a Flávia, uma amiga minha – corrigiu Nicole, olhando-me com maior atenção.

A tia calou-se por alguns segundos (com certeza, percorridos em arquivos da memória) e, apesar de não parecer convencida por completo, logo iniciou uma agradável conversa. Outro episódio ocorreu minutos mais tarde enquanto me servia de petiscos. Adoro o salame artesanal, mozzarella e tentava encontrar as azeitonas.

– Das verdes, sem caroços, como de costume – escutei de um senhor que me entregou as azeitonas sorrindo –. Existem coisas que não mudam com os anos, Ariane.

Esclareci o mal-entendido a respeito de minha identidade e descobri com o simpático senhor que Ariane é uma prima distante de Nicole, que com certeza viria a qualquer momento e que nós éramos, de certo modo, semelhantes. Também percebi que me observava com redobrada curiosidade e que parecia questionar-se o motivo de haver-se confundido.

– Não a vejo há um par de anos. Vocês são de um parecido inconsciente, natural... – disse e tive a impressão que não encontrou a palavra exata. – Você tem que conhecê-la para que me entendas.

Comecei a sentir que os olhares pouco a pouco se multiplicavam, que o assunto gerava pequenos debates, em especial, entre os de maior idade. De maneira proporcional também a minha curiosidade aumentava e a cada nova pessoa que chegava, o murmúrio de vozes diminuía alguns poucos decibéis, que amplificavam a expectativa.

Ariane demorou um pouco em chegar, foi recebida com muito carinho pela dona Lucia, que depositou as flores recebidas ao lado das minhas. Soube em seguida que se tratava dela e a sensação foi um pouco esquisita. Mais além da diversão que nossa semelhança provocava, algo em mim se inquietou. Não tardou muito até que fôssemos apresentadas e nos divertimos por um tempo com os demais, até que o assunto se foi diluindo entre todos.

Entretanto, para mim, foi impossível deixar de observá-la. A semelhança não estava puramente na aparência: se tirassem uma foto de ambas, com certeza encontrariam traços parecidos, mas o que realmente reforçava essa sensação era o fato de que éramos mais parecidas em movimento do que paradas, nos gestos que expressam o inconsciente.

Ariane era simpática, as pessoas a saudavam com carinho, várias vezes sorria e dava atenção especial aos mais idosos. Atuava como *"Ariane família"*, da mesma maneira que eu exercia o papel de *"Flávia amiga simpática de Nicole"* e o curioso era que utilizávamos dos mesmos recursos para as constantes improvisações dos papéis da vida: o movimento das mãos, os sorrisos sociais, o arquear das sobrancelhas, a conversa amena. *"Então é assim que eu atuo..."*, constatava a cada segundo que a espiava.

Às vezes, nossos olhares se cruzavam e sorríamos, agora com certa timidez, como Evas seminuas, como se todos os disfarces não tivessem nenhum efeito diante de nós. Suspeitávamos que talvez não nos poderíamos enganar, que conseguíamos decifrar o real pensamento por trás do verniz social. Tinha a sensação de observar-me à distância, o que era ao mesmo tempo hipnotizador como assustador.

Quando ela falava com os idosos, podia sentir sua paciência, sua ternura, quando o assunto era de cunho humano, participava, quando falavam de política, se desconectava e observava o ambiente com olhar atento. Teve firmeza e ironia diante de um comentário homofóbico de Gustavo (alguém tinha que tomar uma atitude!) que falava alto e sem respeitar a vez do outro. Assim flutuava Ariane, com natural elegância entre as situações e parecia que levitava, que se movia entre uma harmoniosa partitura de notas, silêncios e cadências.

Dava gosto contemplá-la, tentava adivinhar suas reações, seus pensamentos e cada vez que suas ações confirmavam minhas previsões, eu vibrava por dentro. Além de tudo, tinha uma aura de satisfação interior, que brotava em tantos detalhes, que eu decifrava lentamente, roupa, gestos, o perfume suave, tudo se equilibrava e era arredondado pelo dulçor de sua voz, acolhedor e sem exageros. Vê-la dava-me prazer, eu me gostava.

Pouco a pouco percebi que eu mudava um pouco a minha maneira de atuar, passava a concentrar-me em meu tom de voz, que poderia ser igual ao de Ariane, fui ao banheiro para me ajeitar um pouco e retocar a maquiagem (de fato rímel sempre nos assentou bem). Sou da opinião de que os anfitriões deveriam apenas curtir a festa que proporcionam, e quando vi que Ariane arrumava a mesa dos petiscos para dar uma mão à dona Lucia, decidi somar-me à atividade sem dizer nada mais relevante do que a minha presença.

Os demais convidados agora me sorriam mais ainda, parecia que de uma maneira ou outra não apenas nos vinculavam pela semelhança física, mas provavelmente também acreditavam que tínhamos as mesmas virtudes e caráter. Era uma tarde agradável e eu desfrutava dessa sensação de ser querida por desconhecidos, por esse ambiente que se gerou com a chegada de Ariane e que poucas vezes tinha sentido ultimamente. Porque as pessoas na rua, na quitanda ou na farmácia do bairro não me olhavam com simpatia, as mães das crianças na escola eram muito prepotentes e nem com a família de meu marido pude criar empatia, apesar de que tantas vezes disse ao meu marido que a culpa era da teimosia e dos ciúmes de minha sogra e cunhada (de quem nunca fui com a cara!). Tinha certeza de que Ariane me daria razão.

Já quase ao fim da tarde, vi como um homem se aproximou dela com os braços abertos, copo de uísque em mão e com um sorriso que tentava passar intimidade. Não gostei do sujeito e não era possível que Ariane não tivesse a mesma sensação, não suportamos que nos toquem quando falam. Com certeza, deu-se conta da malícia daquele homem, desapropriada, desta que repugnamos. Senti alívio em ver que estabelecia distâncias porque elevava a palma de sua mão, que seu sorriso era fingido, que procurava ganhar tempo enquanto procurava por alternativas e logo cruzava os braços sobre o peito, nossa maneira de demonstrar de que algo nos incomoda. Como a conheço!

– Obrigada, amiga! – Disse sorridentemente ao salvá-la. – Sempre a mesma coisa, tudo por causa de uma bicotinha quando tínhamos dez anos.

– Espero que não se interesse por mim – afirmei devido à nossa semelhança.

Na verdade, pareceu-me um comentário tonto, mas tinha uma pitada de humor, de *meu* humor, existem coisas que para uns são engraçadas, para outros não. Mas notei que Ariane achou igualmente graça em meu comentário, que uma irresistível gargalhada lhe nascia por dentro, quase incontrolável, porque ali não era o lugar nem a hora. Mas foi inútil: explodimos juntas, como rimos! E foi uma gargalhada plena, uma risada de meninas que se conhecem há muito, de divertida intimidade, soltas e encabuladas, libertas. Sentia-nos unidas numa só frequência, como se nos déssemos as mãos num céu de felicidade. Alguns convidados nos olhavam e sorriam, sentia-me leve...

Contudo, creio que aterrizamos em níveis diferentes, porque se para Ariane a felicidade segue perdurando, a minha já se havia desvanecido. Vi como se divertia igualmente com outras pessoas, sempre disposta. Também percebi quando falou com seu marido ao celular ("sinto tanta saudade, amor") e era evidente que eu a olhava muito mais do que ela a mim.

Algo me dizia que Ariane era mais feliz do que eu e de certo modo me pareceu injusto. Provavelmente sua vida seria um conto de fadas: nada de um emprego mais ou menos, com certeza seu marido lhe abriu mais portas que o meu (férias na casa da sogra, por Deus!), que deve morar num bairro bom, que frequenta a academia. E da próxima vez que a tia vó de Nicole vier me falar de "quilinhos a mais", eu lhe responderei que é por culpa das milhares de tarefas, que se Ariane pode dar-se ao luxo de uma alimentação balanceada é porque seus filhos não a deixam louca com pedidos por cachorro-quente, alfajores, batatas fritas, nem seu marido pede lasanha ou miúdos todo santo fim de semana.

Nesse instante nossos olhares se cruzaram e Ariane inclinou levemente sua cabeça para trás, como se meus pensamentos a tivessem impactado. Também os seus olhos tremeram um pouco e a comissura esquerda se desenhava. Era um sinal de alarme, de que algo não andava bem. De repente, fiquei um pouco insegura, temia que Ariane lesse meus pensamentos. Sorriu para mim de maneira defensiva, diferente, arquejando a sobrancelha, como se eu fosse apenas uma a mais.

Para mim foi como um tapa na cara, não vou negar. Como mudam as pessoas! Nem bem uma hora atrás estávamos às gargalhadas, felizes e agora tudo isso não tinha tanta importância. Seguia sorridente porque sabia que a observava, porque queria me humilhar lentamente com a sua felicidade, demonstrar que ela era nossa melhor versão, que poderia sair daqui e contar ao seu lindo marido (com certeza, é bonito) toda essa anedota e dizer que ganhou. Conheço-a, como a conheço!

Quer dizer, era fácil seguir sorrindo quando a vida lhe sorri. Se eu tivesse sua vida também distribuiria felicidades, também teria esse cabelo brilhoso, essa paciência com as pessoas, tão diferentes de minha confusa sogra e minha invejosa cunhada.

De repente vejo como procura por sua elegante bolsa, tira a chave do carro e se ajeita para se despedir dos convidados. Tudo está por se acabar e começo a me angustiar. Uma parte de mim estava por partir, uma possibilidade de ser diferente, com certeza, que esconde algo, queria descobrir como conseguiu, o que fez para estar aí, o que é que ela tinha.

Sabe que o descobrirei, sabe que somos parecidas, que eu também o poderia ter.

– Poderíamos almoçar juntas um dia desses – Disse-lhe com nosso típico dulçor de voz.

– Depois vejo com a Nicole – respondeu fingindo pressa, dando-me dois beijinhos –. A gente se vê por aí – disse educadamente, palma da mão levantava e se foi.

Mas duvido que alguma vez pretenda voltar a me ver.

Afinidades

"Muitos os chamados,
mas poucos os escolhidos".
(Jesus Cristo)

Conforme nos aproximávamos do local, a noite e o silêncio entre Jimena e eu cresciam sem nos distanciar. Estávamos com a mente em outro lugar e os faróis dos carros, o barulho dos motores e a música do rádio (não lembro de uma música sequer) eram os tênues fios que ainda nos atavam à realidade.

– Mal, não vai fazer – disse há uma semana o doutor Mario Campos, a segunda opinião médica. Acredito que sua frase e olhar continham certo desprezo, que eu sempre temia, resultado dessa situação embaraçosa que surgiu devido à insistência de Jimena em acompanhar-me à consulta para poder abordar o assunto.

– Então, para quê esperar? – Perguntava-me com satisfeita determinação –. Obrigada, doutor – disse preparando-se para sair e eu sabia que dificilmente cederia.

Cedi eu, apesar de não conceber teses que afrontam a lógica, que não tenham fundamentos palpáveis, por mais que Jimena me fale de sentimentos, de esperança e de tantas outras hipóteses que não se podem comprovar. Era esse justamente o meu argumento, que as melhores verdades estão preto no branco, e nesse sentido eu fazia tudo que estava ao meu alcance: exames, imagens, remédios, tratamentos, contagens. E se bem o avanço da doença tenha desacelerado, também era correto que seguia ali. Mas ganhava-se tempo, o que é parte da estratégia.

Além disso, o doutor Mario Campos é um especialista a me parece muito mais prudente seguir as orientações dele do que buscar conselhos entre um povo que se contorce, dança e canta, que fuma e supostamente está em transe, viajando tanto que acreditam ser médicos ou xamãs, que, coberto por um consagrado banho de ervas, folha de louro no travesseiro e água benzida fossem curar as minhas chagas, faça-me o favor...

– Espero que eles me recomendem um gole de aguardente antes de cada almoço – comentei com o doutor Campos, antes de sair, piscando um olho e fazendo referência à Jimena. Para mim, era importante aclarar quem era a mentora intelectual desse disparate.

Mal, não me iria fazer, pelo menos não tanto como a insistência de Jimena, que se expressava em tudo: nos últimos dias, seu gestual era impaciente, ansioso, de marcação cerrada sobre meus minutos e planos futuros. Desde pequeno sei que o melhor para a harmonia de todos era não se opor à determinação de minha irmã mais velha, que agora, no carro, parecia menos nervosa e chateada do que eu.

Segundo o sistema de navegação, estávamos próximos e ainda faltava mais de meia hora para começar a sessão. Isso a tranquilizava, uma preocupação a menos, quase um alívio, porque minha Jimena sempre acreditava que a grande maioria das sabotagens do destino ocorria por contratempos, antes ou durante o trajeto: uma visita inesperada, uma súbita dor no estômago, um pneu furado, um trânsito terrível, segundo minha irmã, o repertórios de impedimentos era grande.

– Especialmente em temas de fé – advertiu-me para justificar nossa saída de casa tão antes da hora. – Melhor irmos agora porque com certeza tentarão fazer algo.

"Tentarão fazer", dizia com espantosa naturalidade. Quem? O Homem da Bolsa, o Cuco ou Saci Pererê? Mas era melhor permanecer calado, seria uma batalha perdida. Além do mais, existem certas hierarquias inoxidáveis e, em nosso caso, minhas patentes eram inferiores às de irmã mais velha, a que há quase cinquenta anos, em especial, nos primeiros anos, coloria minhas tardes, me apresentava o mundo e me emprestava seus olhos e sua fantasia. Sempre cuidou de mim.

Contudo, custava compreender que, em um mundo de pulsante tecnologia, ela depositasse tantas esperanças em rituais ancestrais e energias invisíveis. De todos os modos, ver a Jimena ansiosa, cheia de esperança e quase feliz, curiosamente me despertou certa ternura.

Chegamos ao local, um terreno verde na periferia, cheiro de mato ao fundo do estacionamento, improvisado no terreno baldio, e ao fundo estava o Centro de Umbanda. Lamentei o barro que se acumulava na lataria do carro, resolvi levar comigo os documentos do carro e me certifiquei de que os alarmes estavam acionados e comecei a andar sentindo as minhas costumeiras dores. Entramos às instalações humildes, de bancos de madeira que acomodariam ao menos uma centena de assistidos. O altar e o público eram separados por uma cortina branca, fechada.

Enquanto a sessão não se iniciava, passei a analisar as pessoas que frequentavam o local. Alguns estavam concentrados, outros relaxados, alguns rezavam em voz baixa. Achava graça e ficava espantado que existissem pessoas que acreditavam em supostas entidades, que buscavam seus conselhos e médiuns incorporados. Matariam galinhas, cabras? Pobre gente, realmente acreditam que aqui seus caminhos se abrirão ou que a saúde se recuperará, ou talvez, que os espíritos trouxessem amores de volta, amarradões e enfeitiçados. Quantos abismos, quanta ignorância, por Deus!

Senti-me um peixe fora d'água e em certos momentos sentia vergonha alheia. *"De verdade que teremos que passar por semelhante constrangimento?"* – me perguntava e ansiava por um sinal de Jimena para que saíssemos à francesa e que déssemos risada disso tudo rumo a casa, onde me esperaria um merecido conhaque. Mas ela seguiu de olhos fechados, buscando serenidade, esboçava inclusive um sorriso de alívio, dessas inexplicáveis certezas de sua fé. Eu, definitivamente, não conseguia comungar desse sentimento.

Pouco a pouco, a casa foi enchendo e o curioso era que, quanto mais gente havia, maior e mais profundo era o silêncio. Acho que isso me contagiou inconscientemente, porque passei a sentir cansaço e meus pensamentos se aquietaram. Dos seguintes minutos não lembro muito, parecia que um silêncio branco tomava minha mente, acompanhado de um zumbido constante do ambiente, como se um cabo de alta tensão distante, uma vibração que, a qualquer momento, parecia que iria estalar.

De repente, por trás das cortinas fechadas, uma oração em forma de canto nos trazia lentamente de volta (onde estive?). Logo, os primeiros atabaques disseram presente e a cada ritmo se somavam crescentemente os primeiros cantos, logo as batidas de mão e os demais atabaques. Quando se abriram as cortinas, tudo me pareceu um pouco grotesco: havia umas vinte pessoas, homens e mulheres, vestidos de branco, com diferentes colares, cantando sob o olhar de um Cristo de madeira banhado em luz verde e de braços abertos.

"Pelo menos estou vendo algo folclórico", pensei, já imaginando as histórias para meus amigos, quando, por fim, escapasse daqui. Enquanto isso, quase todos visitantes já se tinham levantado e participavam do insólito ritual, seguiam o ritmo com as mãos, cantavam, alguns sorriam e se deixavam levar. Na verdade, eu não queria estar ali, fazia-o por Jimena que se preocupava com a minha saúde, contudo, a partir do momento em que me passei a me familiarizar mais com o ambiente, confesso que havia algo que não me deixava indiferente.

"É no reino de Oxalá, onde há paz e amor", saía do canto desafinado de todos, *"luz que se reflete na terra, luz que se reflete no mar"*, custodiado pela dança ancestral, *"luz que vem de Aruanda, para a tudo iluminar"*. Por dentro começava lentamente a vibrar ao ritmo daquela celebração, meu coração, meu pulmão, meus músculos,

minha mente parecia sintonizar-se numa só frequência de ritmos, cantos, palmas, tambores, *"Umbanda é paz e amor, um mundo cheio de luz"*. Logo comecei a ter cada vez mais vontade de bater palmas, parecia que resgatava memórias ancestrais, gravadas na genética primitiva: adorar a Deus, um costume milenar que a seleção natural, por alguma razão, ainda não apagou.

Se por um lado meus preconceitos me diziam que essas cenas eram quase caricaturescas, involuntariamente tratava de seguir as cadências dos cantos e atabaques com as mãos. Quando peguei o jeito, uma inexplicável alegria me invadiu: olhava para as demais pessoas, agora irmanadas pelo ritmo, algo nos equiparava, um quase infantil sentido de pertinência, uma alegria fora do normal. Não sei o que estava acontecendo comigo e por um momento pensei: *que tonto! O que você está fazendo? Invocando espíritos, homem branco?*

Recuei até a parede de fundo para tentar recuperar a razão pela distância, tinha que me lembrar que isso tudo era, como muito, uma experiência de inconsciente coletivo. *Comigo não, irmãos*, tenho uma dor nos rins que acaba comigo, estou aqui para que Jimena me deixe em paz, mas não farei parte deste espetáculo.

De repente, apareceu uma mulher com um defumador, queimando ervas e pesadelos. As pessoas mergulhavam naquela fumaça e não sei por que diabos, a única coisa que eu desejava, protegido pela parede, era que ela não se esquecesse de mim. Quando passou, aproximou-se com olhar certeiro, eu girava e me banhava em sua densa nuvem de fumaça e sentia um desproporcional alívio e as pessoas cantavam e dançavam e adoravam.

Por algumas vezes tentei voltar à sã consciência que há pouco zombava disso tudo e, apesar de estar tão fora de contexto, como um cavalo no terraço, o ambiente me arrebatou outra vez e meu corpo começava a querer mover-se por conta própria.

Subitamente senti um calafrio pela nuca, uma breve disparada em meus batimentos cardíacos, minhas mãos e meu peito pareciam inchar, me rosto se contorcia levemente e, por mais que eu tentasse, sentia que meu corpo dava sinais de que começava a se encurvar. Era uma força magnética ou psíquica, não física, a que me pedia para dançar, realizar determinados gestos, algo indígena ou africano, vá saber... Enquanto discutia internamente, ao borde de uma íntima derrota e *rezava* para que Jimena não me observasse, eu envergava e me erguia ao ritmo dos atabaques (que diabos estava fazendo?), como um índio dançante diante de um iluminado Cristo talhado em madeira, ao que há tempos já não recordava.

Aproximou-se de mim a mãe de santo, olhou-me sorridente nos olhos e me disse:

– Vamos! – No plural.

Sentia-me como um verdadeiro guerreiro indígena, de fato o via ao meu lado, nossos movimentos e pensamentos pareciam sincronizados, idênticos e simultâneos. Conservava a lucidez de meus atos, porém o que via diante de mim, meus pensamentos, minhas visões e, em parte, meus atos eram guiados por ele. *Mas, com que direito?* Com um olhar meio nebuloso procurei por última vez a Jimena. Creio que nos olhamos e que me disse: *"não te preocupes".*

Pouco a pouco, minha mente se aquietou, era como se adentrasse em outra dimensão, como um mergulho no mar que nos isola dos barulhos externos, até ouvir a sua própria respiração, distanciado mentalmente, restavam apenas, ao fundo, os ritmos, cada vez mais silenciados. Senti que descíamos por lugares cada vez mais inóspitos, éramos algumas dezenas, sérios e compenetrados, em fila indiana. Chegamos a um lugar desolador, escuro e pesado que se abria com a energia das palmas e dos tambores de acima, chaves quânticas que tudo abriam. A cena era terrível e assombrosa: diante de nós, um mar de pessoas miseráveis clamando por ajuda e com olhares ausentes, que pareciam verdadeiros mortos.

Senti pavor, repúdio, desespero, não queria ver isso. Meu guia, contudo, afastou-se um pouco de mim, movia-se entre aqueles farrapos humanos e estendia a sua mão a certos escolhidos, para que saíssem da escuridão pantanosa, de sua desolação mental, como, com firme e confiante voz, dizia: *"venha, em nome de Jesus"* e eu imediatamente o imaginava iluminado em luz verde, de madeira e braços abertos.

O pântano parecia um formigueiro de trabalhadores, caboclos, negros, guerreiros de todas as cores e colares que socorriam aos espíritos sofredores e os amparavam e os encaminhavam para cima, impulsionado pelos cantos e tambores, para cima, onde todos dançam, todos os atabaques, as fumaças, as pessoas e os cantos celebram Oxalá. Para socorrer aqueles espíritos do umbral, para se recuperarem mais além, *"existem muitas moradas na casa de Oxalá, Aruanda reine de paz e de amor".*

Entendi que o meu guia sugava minha energia, de alguma forma, precisava dela para trabalhar, estávamos unidos por fios luminosos. Sabia também que conservava o suficiente de lucidez para cortar essa ligação, para voltar a ser dono de meu corpo e de minha mente. Era a minha oportunidade, minha possível saída para acabar de uma vez com esse abuso. Passei a me concentrar em cortar esse fluxo que nos unia e minha mudança de atitude repercutiu imediatamente. Agora, os nossos pensamentos se chocavam, nossas energias se separavam, nossa conexão se travava, assim como a sua capacidade de seguir atuando nos socorros. Vi que me olhava com incredulidade e não pude, nem quis, evitar esse momento e inverti nosso equilíbrio de poder: olhei-o, senti agora o doce sabor do poder, do controle, de vitória.

Bastaria agora abrir os olhos. Significaria soltar-lhe definitivamente as mãos.

Ao voltar, senti um pouco de tontura, que logo passou. Recuei novamente até a parede. Observava o final da abertura dos trabalhos de Umbanda, os gestos dos médiuns eram idênticos aos que vivenciei lá embaixo. Os médiuns que já tinham voltado com os seus guias, agora atendiam os assistidos, sentados em banquinhos de madeira, onde davam conselhos e usavam apenas ervas, fumaça, água e mãos.

Senti certo vazio e um pouco de tristeza, por um instante voltei a fechar os olhos, tentei localizar alguma sensação, visão ou presença do guia, mas tudo estava deserto. Jimena se aproximou sorridente, quase radiante.

– Como você se sente, meu irmão? Parecia que você se mexia sem dor alguma – comentou e foi a primeira vez que me dei conta de que em nenhum momento os meus rins me haviam incomodado durante a abertura dos trabalhos. Não sei quanto tempo estive por lá, o tempo parecia estancado.

Sabia que as dores voltariam, afundando como Pedro, com seus pés sobre o mar.

– Vamos embora – disse.

Jimena me deu as mãos para despedir-se da mãe de santo, sinal de respeito e de gratidão. Quando nos tocou, quase não a pude olhar nos olhos. Minhas emoções estavam quase incontroláveis, havia tanto para digerir, para entender sobre as ocultas faces, sobre mim, que me sentia envergonhado diante dela, apesar de que me sorrisse com humildade.

– A fé e a razão são filhas da mesma caridade – foram as suas palavras de despedida.

Conforme nos aproximávamos de casa, a noite e o silêncio entre Jimena e eu cresciam. Estávamos com a mente em outro lugar e as luzes dos faróis, o barulho dos carros e a música do rádio (sigo sem lembrar-me de nenhuma) eram os tênues fios que ainda nos atavam à realidade. Tanto a razão quanto o sentimento me encurralavam, pois me levavam à mesma consequência: se tudo isso fosse verdade, eu teria que mudar, mudar muito.

Guardei o entendimento do último olhar do guia, que de fato não se surpreendeu ao ver que o abandonaria naquele instante, parecia já ter contado com isso: dependeria da fé. Sua incredulidade era outra e se expressava com a interminável pergunta em seu olhar: *não te foi suficiente ver, por uma só vez, como os olhos do coração?"*.

Esclarecimentos

Os livros publicados por Hendrik Wernick nasceram como consequência natural dos trabalhos mediúnicos, aos quais o autor está vinculado desde 2002, quando começou a estudar e a trabalhar com o Espiritismo. Ao longo dos seguintes anos trabalhou em Centros Espíritas e de Umbanda, até fundar, com sua esposa, o Centro Espírita Apométrico Fraternidade da Luz, localizado na periferia de São Paulo, onde executam gratuitamente os trabalhos espirituais.

Diretamente vinculado às obras publicadas está a técnica de psicografia que se baseia em alguns princípios fundamentais do universo espírita:

- O Espiritismo é uma doutrina reencarnacionista, fundada sobre a crença na existência de espíritos e em suas manifestações. Acredita na existência da alma espiritual e imaterial.

- Médium: pessoa que pode servir de intermediário entre os espíritos e os homens.

- Psicografia: é a capacidade de escrever por si sob a influência/inspiração de um espírito.

No Brasil, o fenômeno da psicografia se difundiu especialmente por meio da obra do médium e filantropo, Chico Xavier, indicado ao Prêmio Nobel da Paz (1982 e 1983) e referência do mundo espírita, autor de mais de 450 livros psicografados, mais de 40 milhões de obras vendidas e traduzidas a 33 idiomas e cujos direitos autorais foram integralmente doados a instituições sem fins lucrativos.

Chico Xavier tinha o dom da psicografia mecânica, na qual o espírito comunicante controla a mão do médium e, por conseguinte, impõe suas palavras e caligrafia. Esse tipo de mediunidade é bastante raro, pois a grande maioria dos médiuns se utiliza da psicografia intuitiva.

Essa forma mais comum, utilizada nas obras **Terra Prometida**, **Norma e eu** e **Três segundos**, busca captar o fluxo mental, o pensamento central do espírito comunicante e o expressa com seus próprios recursos, tanto com relação à terminologia quanto à forma. Para os médiuns, a principal dificuldade nessa técnica é a de discernir entre qual pensamento é seu e qual tem sua origem na mente do espírito. Devido a essa incerteza, alguns escritores, pintores, músicos, etc. das mais diferentes vertentes não sabem que em seus momentos de inspiração podem ser fortemente influenciados por pensamentos de espíritos que trabalham ao seu lado. Existem vários relatos de escritores que comentam que ao fim de um conto ou de uma obra ficam reticentes em assiná-la, porque sentem que lhes foi ditada o que não as reconhecem como integralmente suas.

Segundo o Espiritismo, todos temos mediunidade latente, sendo em forma de intuições, de visões, de sonhos, de *déjà vu*, de sensações ou de experiências espirituais. Uma vez estudada, educada e desenvolvida, se manifesta de maneira mais concreta: vidência, psicofonia, psicografia, mediunidade de cura, entre outras. Em nenhum momento mediunidade é sinônimo de evolução moral, visto que é uma característica presente em "bons e maus", honestos e corruptos, crentes e materialistas.

Essas características são exploradas nos contos inspirados pelo espírito Pablo (mentor intelectual e verdadeiro dono da obra), que costumam nascer de situações cotidianas para logo entrarem em labirintos e mistérios da alma imortal, ao evidenciarem conflitos, contradições, preconceitos, revelações e desejos que muitas vezes fazem parte de nossas vidas. O mundo espiritual está mais presente em nosso cotidiano do que podemos imaginar e os contos buscam estabelecer essas pontes, por meio das emoções e da fé raciocinada, do conhece-te a ti mesmo.

Diferentemente da grande maioria das obras espíritas, nas quais a moral e os ensinamentos costumam ser um selo característico, os contos de Pablo e Hendrik Wernick, escritos em espanhol e traduzidos ao português pelo próprio autor, buscam despertar a inquietação dos leitores, fazem soar a campainha interior que adverte que, para a alma imortal, sempre seremos herança de nós mesmos, de nossas ações na roda de reencarnação. Muitas vezes nossa consciência emite sinais que tratamos de ignorar e nos deparamos com verdades que exigirão mudanças fundamentais, que tememos ou postergamos, apesar da evolução espiritual ser sempre individual e intransferível.

"A semeadura é livre, mas a colheita, obrigatória."

Sobre o autor e as obras

O narrador argentino, mesmo sob a influência do espírito Paulo, sofre os mesmos efeitos que o leitor ao encontrar-se diante dos primeiros incisos de cada conto. Diante da folha em branco, os contos se revelam a cada novo parágrafo, mergulhando em seu próprio mundo íntimo, percorrendo os mesmos tortuosos sendeiros da alma e do autoconhecimento, no caminho cujos desfechos seguem sendo imprevisíveis para o autor até o ponto-final.

Da mesma maneira que a grande maioria dos personagens retratados, o autor tem a idêntica necessidade de decifrar sentimentos ou situações aparentemente superficiais, sintetizar os acontecimentos e emoções, que muitas vezes são simples pensamentos fugazes, tremores internos, verdades escondidas que se acumulam progressivamente enquanto os contos se desenvolvem com vontade própria, incontroláveis.

Todos os direitos autorais serão integralmente doados a instituições sem fins lucrativos, permanecendo sempre a opção de baixar os livros de forma gratuita no site.

Terra prometida

Composto por 14 contos, **Terra prometida** abarca temas como o aborto, migrações humanas, resistência diante das ditaduras, adoção e os aproxima ao leitor por meio dos invisíveis fios que são as possibilidades de conexão espiritual, a reencarnação e as leis de causa e efeito, imunes perante o tempo.

No vórtice das tramas, os fatos se sucedem de tal maneira que emergem nos pontos exatos nos quais o livre-arbítrio dos personagens os leva a decisões e consequências, cujas repercussões podem determinar ou explicar as necessidades de evolução espiritual.

Muitas vezes, basta um acontecimento ou um pensamento para iniciar a busca pela espiritualidade.

"Cada leitor se encontra a si mesmo."
(Marcel Proust)

Norma e eu

Edição composta de 13 contos, **Norma e eu** segue a linha do volume anterior, incorporando temas, como a saúde mental, os preconceitos, os vícios, a fé e a reforma íntima em contos situados em distintas épocas.

Mesmo que às vezes de maneira aparentemente involuntária, os personagens descritos são conduzidos até bifurcações da vida, nas quais sempre existe a possibilidade de escolher caminhos que levam à cura da alma ou à sua derrubada. Da mesma maneira que um grão de areia pode retratar uma série de leis físicas, às vezes, certos conflitos e suas decisões, por mais simples que pareçam, escondem tendências que revelam nossa verdadeira face.

Ao final, sempre nos encontraremos diante da nossa implacável consciência.

"É sincera uma fé que não atua?"
(Racine)

Três segundos

No terceiro livro, **Três segundos**, também composto por 14 contos, os autores incluem temas universais e concretos, como guerras, fome, política e enfermidades, assim como características humanas, como o machismo, a fé (sempre presente), o perdão e a vida após a morte.

Apoiados na fé raciocinada, os autores buscam incentivar o desenvolvimento espiritual, individual e intransferível, com uma cadeia de pensamentos, descobrimentos e associações dos personagens, que podem despertar no leitor o ânimo e a coragem de conhecer e de se unir à fé.

O aprendizado não tem limites, mas a fé somente vale a pena se gera mudanças frutíferas.

"O que é verdadeiramente imoral é haver desistido de si mesmo."
(Clarice Lispector)

Centro Espírita Fraternidade da Luz

O Centro Espírita Apométrico Fraternidade da Luz, fundado pelo autor e sua esposa, está localizado no bairro da Pedreira (ver www.hwcuentos.com), periferia da zona Sul de São Paulo. Seus trabalhos gratuitos são variados, da cirurgia espiritual até trabalhos de Desobsessão, Apometria, Cromoterapia, Psicografia, além de palestras e cursos relacionados ao universo Espírita, da Apometria e do Desenvolvimento Mediúnico.

Em suas humildes instalações, as sessões são realizadas por um grupo de médiuns formados pelo próprio Centro. Essa sempre foi a sua filosofia, pois prima pela proximidade aos necessitados e pela união, desenvolvimento e harmonia entre médiuns e assistidos, tendo como Norte os ensinamentos de Jesus e a fé de cada indivíduo como chave das saúdes físicas, emocionais e espirituais.

A terapia espiritual não é invasiva, atua somente sobre os corpos espirituais dos pacientes e de nenhum modo substitui o tratamento médico, que deve seguir de acordo com o determinado pelos clínicos. Em realidade, ambas as terapias se complementam, visto que o Espiritismo parte do princípio de que o espírito adoece antes que o corpo e é precisamente ali que intervém.

Contato: www.hwcuentos.com